藝術之子

黃郁晴

目次

角色與場景說明

人物：

〔上半場：第一場至第七場〕

・王靜芳／芳芳（甄選上該團新作《海鷗》妮娜一角的女演員一，暫住在劇團）

・王靜芳的影子／靜影（受創後分裂的芳芳，亦象徵女演員對飾演妮娜的嚮往）

・周予棠（甄選上該團新作《海鷗》阿爾卡吉娜一角的女演員二，靜芳的前輩）

・喬宛綺／喬喬（排練助理兼代排演員，靜芳的後輩）

・范一諾（該團藝術總監、編導，在表演藝術圈素有「藝術之子」的稱號）

・羅心蕾（該團團長、動作指導，一諾的伴侶，亦為先前代表作的表演者）

〔下半場：第八場至第十一場〕

・王淑芬（小山房女主人）
・周予棠（讀書會時改使用「美玲」這個化名）
・佳惠（讀書會成員）
・怡君（讀書會成員）
・小薇（讀書會成員）
・露露（讀書會成員）
・王圓愷／愷愷（淑芬的兒子）
・范一諾的影子

時間：

現代，跨距約十二年

第一場至第六場　該團籌備新作《海鷗》的排練期，主要集中在演出前夕

第七場　劇場週～首演之夜

第八場至第十一場　演出結束後十二年，不時閃現十二年前的回憶

地點：

觀眾進場　劇團走廊，牆面上掛著前作海報、報導、大合照等

第一場至第六場　排練場，角落被布置成靜芳小窩

第七場　排練場裝台成《海鷗》演出舞台

中場休息　真實劇場空間前台，播放范一諾導演理念宣傳影片

第八場至第十一場　小山房，淑芬老師個人工作室，也是她和愷愷的家

觀眾離場　請與觀眾聊天，讓大家得以從劇場離開，走進真實的人生

註：戲中部分台詞使用手語呈現，情境字幕是整體演出的一部分。

為了孕育偉大的作品，讓我侵入你；
為藝術犧牲，好過平淡無奇的一生。

觀眾進場：進入一座劇場

（從廊道上的海報、新聞剪報、裱框的劇照，看見一個劇團的樣子，或是一個劇團想讓人看見的樣子。這是范一諾的劇場，范一諾想讓大家看見的樣子。）

第一場：鏡子

（黑暗的排練場。牆上對開的黑幕中間沒有被關到底，露出一條細縫，後面是鏡子的反光。）

（寂靜。強烈的白光。）

（靜影衝進來，跌落在地，她身著妮娜的戲服，白色洋裝，但下半身都是血，她看起來不太清楚自己發生了什麼事，只感到劇烈疼痛，接著才發現自己身上的血跡，慌忙脫下洋裝，只剩下十九世紀末的內衣褲。）

（一直躺在「小窩」沙發上的靜芳起床，她穿著和靜影款式雷同但風格較為現代的內衣褲，留著相同髮型。她迷迷糊糊走到場中央，才想起廁所在另一個方向，下場。）

（靜影想叫住這個女生，卻發現自己發不出聲音。）

（靜芳回到場上，她站上體重計，看了看體重計上的數字，走下體重計，開始伸展全身。）

（靜影觀察著這個女生，此時終於確定她跟自己竟然長得一模一樣，但她似乎意識不到自己？）

（靜影發現黑幕後有鏡子，她從細縫處拉開一小塊黑幕，注視著鏡中的自己，撫摸自己的臉。）

（靜芳拿劇本出來看；靜影也湊過去看，看到了劇本上自己的名字。）

（靜芳來到鏡前複習手語與舞蹈動作，回憶開始湧現；靜影也跟著靜芳做動作，當靜芳比到「人類」的手語時，靜影終於想起來自己是誰、發生了什麼事。）

靜影：妮……娜……

（靜影開始想阻止靜芳進行任何排練的準備。）

靜影：聽我說……聽我說……妳有聽到我說的嗎？妳有聽到我說話嗎……

（靜芳想換上妮娜的代排服，開始在衣車上找尋，卻發現洋裝沒掛在衣車上，而是被丟在地上，就是那件被靜影脫下來的血洋裝。靜芳一把將衣服撿起來，準備穿上，靜影想盡辦法阻止靜芳穿上那件洋裝，但沒有用。）

靜影：不可以，妳不可以，妳不能穿這件衣服……妳聽見了嗎？這件衣服妳不可以穿，把衣服脫下來！

（靜芳穿好血洋裝了，靜芳和靜影一起站在鏡子前面。）

（電鈴聲，第一次。）

（靜芳快速收拾物品，打算開門。靜影不知所措，她往門邊走了幾步，想像著門後的人事物，此時她完全確定這一天就是「那一天」。）

靜影：不要，不要用了，不要排了，我們不排戲了！我們回家好不好？……停下來！妳有沒有聽到我說的？我在這裡！我叫妳停下來！

（靜芳將黑幕完全拉開，露出一整面鏡子。）

（電鈴聲，第二次。靜芳火速往門邊移動。）

靜影：王靜芳！

（靜芳止步。）

靜影：不要開門！

（靜芳回頭。）

靜影：……拜託告訴我，是因為我做了什麼，還是我沒做什麼，所以那些事情才會發生？我願意付出一切代價，讓那一天重來。

（靜芳走了回來，其實剛剛過程中她逐漸看得見也聽得見靜影，只是逃避。）

靜芳：（手語）我沒事。

靜影：（低聲重複）妳……沒事。

靜芳：（手語）我很好。

靜影：（低聲重複）妳……很好。

靜芳：（手語）無論妳做什麼，或不做什麼，這一切都會發生。妳知道的。

靜影：（重複她）無論我做什麼，或不做什麼，這一切都會發生。我知道的。

（柔聲）妳有沒有怎麼樣？

靜芳：我還沒有怎麼樣。

靜影：（厲聲）妳有沒有怎麼樣！

靜芳：（手語）我還能怎麼樣？

靜影：（重複她）我還能怎麼樣？

（靜默，靜芳微笑。）

靜芳：妳只要跟我說加油就可以了。

（沉默，她們注視著彼此。）

靜芳：只要看到臉上有睫毛的時候就許個願。

靜影：聽到有人跟你說一樣的話的時候也許個願。

靜芳／靜影：（快／慢）要先打頭！

靜芳／靜影：（快／慢）一樣的話！

（靜芳很快地打了一下靜影的頭，閉上眼睛，雙手緊握。）

靜芳：（誠心地）排練加油。

靜影：（看著祈禱的靜芳）排練加油……

（電鈴聲，第三次，巨響，打破兩人世界。）

靜影：不要開門。

（靜芳急急忙忙把靜影送進小窩最深處，靜影消失不見。）

（電鈴聲一直一直來，漸轉為暖身音樂。）

第二場：排練場

（心蕾、予棠、宛綺如潮水般緩緩湧進，她們在暖身。心蕾、宛綺穿的是一般排練服，予棠穿著阿爾卡吉娜的代排服。）

（靜芳重新回到場上，她身上的妮娜血洋裝已換成白色，而且因為是代排服的關係，整體線條較為簡樸。靜芳在不被其他人發現的狀況下，悄悄跟上大家，投身進那股潮水之中。）

（一諾登場，在他完全現身前會先出現他巨大的影子，斜斜地射入排練場。）

（一諾進場，他走在演員之間，彷若視察著她們的，或自己的成果。）

（漸轉為寫實光線。）

（心蕾先停止動作，以老師的姿態檢視著其他人，在意識到一諾進場後，她請宛綺停止暖身，回到排助桌準備工作。兩位女演員繼續動作。）

（四個女生的角色關係從一起暖身看不出誰是誰的四個人，變得明確：心蕾是老師、宛綺是助理、予棠和靜芳則是分別飾演《海鷗》劇中阿爾卡吉娜與妮娜的兩位女演員。）

（一諾就導演席坐下，翻看《海鷗》劇本。）

心蕾：（坐到一諾身旁與他耳語）暖身差不多了。

一諾：好。開始排練。

（靜芳、予棠停止暖身動作。大家都在等待導演發號施令。）

一諾：上次進度先做一遍給我看。宛綺，DV，錄影。

（予棠和靜芳呈現一套擷取台詞之手語做發展的雙人肢體動作，藉以展示阿爾卡吉娜和妮娜兩名女演員的權力關係。沒有音樂，場上十分安靜。）

阿爾卡吉娜：（坐在妮娜背上，邊比劃著手語）Bravo! Bravo! 我們都欣賞妳。有這種儀表和迷人的嗓音，可不能待在這窮鄉僻壤，那是種罪過。

妮娜：（保持平衡地緩緩轉身，一邊打手語，一邊讓背上的阿爾卡吉娜落地，再繼續往前走）父親和後母不讓我來，他們就怕我也做了女演員。但那是我的夢想！我好幸福！我現在是屬於你們的一份子了。

阿爾卡吉娜：（把妮娜拎回來，斜靠在她身上）妳看看我，就像一隻小雞一樣的活潑。我還可以扮演一個十五歲的小姑娘！（歡快地向前滾動）

妮娜：（亟欲跟上）不，不——恐怕戲是不會繼續演下去了，愛情、嫉妒讓我喪失自信，戲也演得不好，我的夢想永遠不會實現了……

一諾：（打斷呈現）停。已經一個月了，妳們都在和心蕾老師工作身體，試圖用身體展現角色的心理狀態，妮娜和阿爾卡吉娜。現在手語也練了，也融入了，但我就是覺得沒有靈魂，一點靈魂也沒有。所以今天，（高舉劇本）心蕾老師建議，重新回到契訶夫的《海鷗》，回到角色——雖然文本往往都是陷阱，但如果這就是妳們所需要的。（看向心蕾）

心蕾：（接著說下去）《海鷗》的故事全都發生在阿爾卡吉娜的哥哥在鄉下的莊園。還記得第一幕的場景嗎？

（大家點點頭。）

予棠：第一幕是湖邊搭設的一座小舞台。大家正在看康斯坦丁的戲。

一諾：標準答案。予棠，那妳是誰？

予棠：我是阿爾卡吉娜。康斯坦丁的母親，特里果林的情人。

一諾：予棠，首先妳應該是一名偉大的女演員。這一整個月以來我一直在告訴妳這件事，OK？

（予棠點頭。）

一諾：兩位先閉上眼睛。

（靜芳、予棠閉上眼睛，沒人敢發言。）

一諾：妮娜在哪裡？

予棠：妮娜在……

一諾：靜芳？

靜芳：妮娜正在演出康斯坦丁寫的劇本，「人類、獅子、老鷹和山鶉……」

一諾：妮娜在她生命的轉捩點，靜芳。其實他們四個人都是。有時候你遇見了某個人，生命就再也不一樣了，在這個時刻對妮娜來說就是特里果林。

（站到靜芳的面前）睜開眼睛。（對大家）好，現在，（指）湖邊的小舞台、（指）觀眾席。GO。宛綺，妳把之前選過的音樂播一遍給我聽。

（一諾以眼神示意眾人開始動作，在心蕾的指揮下，女生們布置起那個湖邊的小舞台和觀眾席，推衣車暫代小舞台、擺五張椅子作為觀眾席。）

（同時宛綺去CD櫃找出之前工作使用過的幾片CD，用CD音響播音樂讓導演選擇。換景完成，期間播出的音樂就有如換景樂一般。）

一諾：拿劇本，從康斯坦丁中斷演出跑走開始。心蕾，特里果林。宛綺，妳唸一開始的瑪莎就好。後面其他不重要的角色都先不用管。來，走一個。

宛綺：（溫馨叮嚀）大家，在第二十四頁倒數第七行……

（靜芳、予棠從包包拿劇本，心蕾、宛綺回座位拿劇本，她們的劇本是自己去影印店影印裝訂有個彩色書封的那種。）

（眾人帶本坐定。）

（予棠快速掃了一下這一段的台詞，接著便闔上劇本。靜芳感到更緊張了。）

阿爾卡吉娜：（高聲）科斯佳[1]！兒子！科斯佳！

瑪莎：我去找他。

阿爾卡吉娜：麻煩妳了，親愛的。

瑪莎：喂！康斯坦丁．加夫利洛維奇！……喂！

（宛綺往外走，但不知道該不該回排助桌，先在旁邊 stand by。）

妮娜：（從小舞台後走出來）看起來戲是不會繼續演下去了，那我就出來囉。大家好！（和阿爾卡吉娜互相親吻）

阿爾卡吉娜：Bravo! Bravo! 我們是多麼地欣賞妳。有這種外型、這種迷人的嗓音，可不能待在鄉下，那是種罪過。妳絕對有天分，妮娜，妳聽見了嗎？

1 康斯坦丁的暱稱。

妳應該要當演員的！

妮娜：噢，那是我的夢想！（嘆口氣）但它永遠不可能實現的。

阿爾卡吉娜：誰知道呢？來，讓我向妳介紹，這位是特里果林．鮑里斯．阿列克謝耶維奇。

妮娜：噢！我好榮幸……（不好意思）我常常閱讀您的作品……

阿爾卡吉娜：（示意要妮娜坐在她旁邊）別害羞，親愛的。他雖然大名鼎鼎，卻是個老實人。妳看，他都快不好意思了。

妮娜：（對特里果林說）這齣戲……是不是很奇怪？

特里果林：我完全看不懂。不過，我看得滿開心的。您演得這麼真情實感……還有布景也很美。（停頓）這湖裡應該有很多魚吧！

妮娜：嗯。

一諾：停一下。

（停頓。宛綺衝回排助桌用電腦先簡單記錄：回海鷗文本、第一幕、康斯坦丁跑掉、湖裡有魚、嗯、妮娜感覺不對……）

一諾：不對，妮娜感覺不對。（思索著）心蕾妳先走走位就好，我來唸台詞。

宛綺：導演，那從……？

一諾：這齣戲真的很奇怪。

（宛綺回到旁邊 stand by 位置，繼續用紙筆先記錄。）

妮娜：（猶疑，不知道該對誰發話）這齣戲……是不是很奇怪？

特里果林：（心蕾的身體，一諾的聲音）我完全看不懂。不過，我看得滿開心的。您演得這麼真情實感……還有布景也很美。（停頓）這湖裡應該有很多魚吧！

妮娜：嗯。

一諾：（打斷）不對，沒有感覺。（停頓）妳們真的知道這場戲的重要性嗎？

（停頓）——心蕾妳先下來，先幫忙看就好。

（宛綺衝回排助桌繼續記錄：心蕾老師走走位、導演出聲音、妮娜沒有感覺、這場戲的重要性……）

（心蕾下場，一諾上場。）

（靜芳慌忙翻著劇本，予棠搶下靜芳手中的劇本，用眼神要靜芳好好表現。）

妮娜：（鼓起勇氣對一諾飾演的特里果林說）這齣戲……是不是很奇怪？

特里果林：我完全看不懂。不過，我看得滿開心的。您演得這麼真情實感……還有布景也很美。（停頓，愈走愈遠）這湖裡應該有很多魚吧？

（予棠對靜芳使眼色，要靜芳趕緊起身跟上一諾。）

妮娜：（追上特里果林）嗯。

（湖面的環境音、海鷗的叫聲，燈光變化。）

（其他人全都注視著這一刻。）

特里果林：我喜歡釣魚。對我來說，沒有什麼事比傍晚時分坐在岸邊，凝視著水面上的浮標，更令人滿足的了。

妮娜：但是我覺得，凡是體驗過創作樂趣的人，就不再滿足於其他的享樂了。

（一諾和靜芳凝視彼此。一顆音符落下。）

（心蕾注視著他們兩人。）

妮娜：我該走了。再見。

（靜芳轉身欲離開，一諾一把抓住她。）

一諾：（狂喜）眼神對了，靜芳，這是我第一次看到妳眼睛有光，妳們有看到嗎？有嗎？（大家不確定該作何反應）這個作品不是要演戲，也不是要跳舞，完全不是，是兩個女人之間的張力。妳們都是母親，妳們也都是情人……妳們不曉得自己有多美。宛綺先下去，剛剛很好。

（宛綺壓抑著上揚的嘴角，點頭表示感謝，往排助桌快步走去。）

一諾：（思索）好，如果就是這一段，直接用肢體來表現呢？帶著這個感覺，立刻反應在身體上。我不管妳們要用啞劇、舞蹈化的身體，甚至先不用手語都沒有關係。心蕾妳代特里果林，讓她們有投射的對象。宛綺，音樂，剛剛的第三首！

（宛綺放不久之前播給導演聽的第三首。）

（靜芳、予棠、心蕾三人以動作即興呈現第一幕妮娜、阿爾卡吉娜和特里果林之間的關係。過程中一諾不斷給指令，但三位表演者卻愈來愈無所適從。）

（心蕾較主動，她先去找靜芳互動，兩人表現特里果林和妮娜變得親近。）

一諾：予棠跟上。

（予棠聞言開始表現出阿爾卡吉娜因為嫉妒而痛苦的樣子。）

（心蕾再發動，雙手同時帶領著靜芳和予棠，一人一邊，似想表現出特里果林腳踏兩條船的狀態。）

一諾：不是，不要跳舞，妳們要有動機⋯⋯

（心蕾離開，留靜芳和予棠，她們開始想表現雙姝之爭。）

一諾：停。停。停。停——！

（宛綺按下CD音響的暫停鍵。三人停止動作。）

一諾：可以告訴我剛剛在幹什麼嗎？剛剛做的練習是在幹嘛？浪費我的時間！（思索）妳們現在想一下，妳們的角色，最重要的一句台詞，重複地講它。

（大家遲疑。）

一諾：開始啊！快點！台詞不熟就看劇本啊！

（靜芳跑去翻看劇本。）

（予棠留在原地逞強。）

予棠：（決定先發動）難道我已經又老又醜，才讓你可以這樣毫無顧忌地跟我談論別的女人？難道我已經又老又醜，才讓你可以這樣毫無顧忌地跟我談論別的女人？……

靜芳：（見狀也趕緊跟上，不斷重複著）這是命中註定的，我決定要去當演員了！這是命中註定的，我決定要去當演員了！這是命中註定的，我決定要去當演員了！……

一諾：繼續唸。一邊唸，一邊發展一個動作，不停地去做。

（予棠、靜芳開始加入動作。台詞和動作都不斷重複。）

一諾：一句台詞，一個動作，重複。各種 level、各種面向、各種層次。找找看可不可以？找找看反映到身體上的那個直覺是什麼？（對予棠）先不要比手語，是動作，動力是什麼？Momentum!

一諾：（對靜芳循循善誘）靜芳，妳現在這個樣子一點決心也沒有，什麼是命中註定？妮娜的覺悟在哪裡？這個要做出來。（再厲聲對予棠）予棠，我感受不到醜欸，醜是這樣嗎？

心蕾：（忍不住用特里果林的台詞做示範）我完全看不懂，我完全看不懂，我完全看不懂……

（予棠、靜芳見狀，開始模仿心蕾。三人一起奮力說著「我完全看不懂」。）

一諾：（對全場）我他媽才不懂啦！

（無以為繼。）

一諾：（斥責）可以告訴我，到底為什麼，一回到身體，妳們就完全死掉了？還是妳們害怕即興？妳們就這麼喜歡一個指令一個動作嗎？啊？

（大家安靜。）

心蕾：我想大家還需要一點時間。

一諾：時間，我沒有時間了。（對心蕾）妳告訴我要回到文本，我嚴重懷疑最不懂文本的就是妳，她們的身體才會變成這個樣子。（對所有人）今天就到這邊。

（眾人僵在原地。）

心蕾：（緩頰）沒事，大家先離開沒關係，回去記得練習手語……

（一諾摔劇本。）

（眾人停頓。心蕾再次示意大家先走沒關係，並默默將一諾的劇本撿起來。）

（宛綺、靜芳開始復原場地。）

（予棠不收拾，都在看劇本。）

一諾：（看向仍坐著的予棠）予棠，妳應該知道這次機會對妳來說有多重要。

予棠：（起身）我知道。

一諾：一開始妳跟沒有經驗的靜芳放在一起，妳當然很好。對，妳很好，可是也很無趣，除非妳打破妳學院派那一套框架。

予棠：我知道，我會想辦法，謝謝導演。

一諾：靜芳，妳也來一下。

（予棠默默離開排練場。）

（一諾走向排助桌看宛綺怎麼打排演日誌，給予修改指示。）

（靜芳等候導演指示，有點不知所措。心蕾見狀去找靜芳。）

心蕾：靜芳，妳今天量體重了嗎？

靜芳：有，（比一）我瘦一公斤了。

心蕾：目標是這樣，（比五）只能多不能少，加油。

靜芳：（鞠躬）謝謝心蕾老師。

一諾：這句話什麼意思？

宛綺：因為剛剛排練停下來的時候導演有說……

一諾：沒有感覺。妳不能只是記錄「沒有感覺」，喬宛綺，妳來這裡多久了？沒有感覺到底是什麼感覺？

宛綺：好，導演對不起。（對心蕾）老師對不起。

（心蕾對宛綺示意沒關係，趕快修正就好。）

（靜芳一直還在一旁等待。）

心蕾：（對一諾）一起回家？

一諾：（看都不看）妳先走，我還要跟靜芳再談一下妮娜。

心蕾：我們回去可以再討論……

一諾：（打斷）喬宛綺妳也留下來。

（宛綺看向一諾，再看向心蕾。）

心蕾：（對宛綺）喬喬，記得注意時間，不要錯過末班車了。（對所有人）大家辛苦了，晚安，明天見。（往排練場出口走去）

宛綺、靜芳：老師再見。

心蕾：（轉身）對了喬喬，妳排練日誌整理好，要印出來貼在牆上。再見。

（宛綺點頭，心蕾離開。）

第三場：即興

一諾：妳們兩個先找第二幕最後妮娜跟特里果林的台詞，搬兩張椅子，待會兒我跟靜芳對。

（一諾拿鋼琴上的威士忌喝，彈著鋼琴。）

（她們先搬椅子，坐下。良久，只聽見一諾的鋼琴聲，還有兩個女生一直小心翼翼低語的聲音：「找到了……在這邊，第四十五頁到……五十二頁……」）

一諾：好了嗎？

宛綺：好了好了。（回排助桌）

一諾：靜芳，（靜芳站起來）前兩天我又看了一遍妳甄選的時候寄來的自傳，

（拿起一個資料夾）妳不覺得驚訝嗎？這幾乎就像是妮娜的角色自傳——跟家人斷絕關係，還有對於藝術上的追求……不用這麼緊張，妳上台北這一個月，會想家嗎？

靜芳：不想。

一諾：住這邊住得還習慣嗎？都布置好了？

（靜芳點頭，奔向她的小窩，把沙發旁邊的立燈打開。）

一諾：（走近）哇……這些都從倉庫搬出來的？很好，排練場就是我們的家。

（伸出拳頭對靜芳，靜芳也回應碰了一下，兩人都笑了出來）我們繼續往下面順吧，還記得第二幕發生什麼事嗎？

靜芳：康斯坦丁射死了一隻海鷗……阿爾卡吉娜跟特里果林要離開了……

一諾：妮娜呢？

（海鷗的叫聲？）

靜芳：妮娜……愛上了特里果林？

一諾：對，妮娜在一個小小的鄉下，一直渴望著藝術，好不容易遇到一個她崇拜的人，一位作家，可是他明天就要離開妳的世界了！俄羅斯多遼闊，有可能妳再也不會見到他了，一生一次的機會，妳懂嗎？妳一定懂。

（靜芳點點頭。）

一諾：那不只是愛情，只談愛情太庸俗了，那更是妮娜對藝術的信仰。芳芳，妳知道為了藝術是要犧牲的嗎？

（靜芳看著一諾。一顆音符落下。）

一諾：我可以這樣叫妳嗎？芳芳。

靜芳：可以。

一諾：妳喜歡這個劇本嗎？芳芳。

靜芳：喜歡。

一諾：契訶夫說得太多了，都是廢話。我不相信語言，我只相信行動。妮娜的行動是什麼？妮娜的角色目標是什麼？芳芳，妳還記得剛剛妳眼睛裡的光嗎？妳相信我是看得見的嗎？來，閉上眼睛，不要害怕。

（靜芳閉上眼睛，彷彿被催眠般。）

一諾：（開始一邊按摩靜芳，一邊帶她做動作、往前走，像在玩劇場訓練裡的信任遊戲）深呼吸，妳要先完全放鬆，不要怕，把自己交給我。妮娜她想要什麼？妮娜想要成為一個女演員，想要跟特里果林在一起，創作、生活、逃離現狀……妳現在的妮娜只有天真無邪是不夠的，我一直感受不到妮娜的野心還有慾望……想像一下，我的手是一根羽毛，它經過妳身體的每個地方都在喚醒妳，喚醒什麼呢？喚醒妳對於表演的慾望、對成名的慾望、對自由的慾望，甚至是對於性的慾望……

（「工作坊」告一段落，一諾慢慢鬆手，走向宛綺，兩人離靜芳有一段距離。而催眠般的音樂還在持續，靜芳還在狀態裡。）

一諾：宛綺，妳都看到了嗎？芳芳是不是變得不一樣了？

（宛綺點點頭，覺得導演剛剛示範的一切神乎其技。）

一諾：那妳知道，有感覺，是什麼感覺了嗎？

宛綺：知道了，我覺得很有感覺。謝謝導演！

一諾：剛剛都錄下來了嗎？

（宛綺搖搖頭，連忙去開啟DV，並且記錄：野心、慾望、自由、性……）

（靜芳一直都還閉著眼睛，喘息著。）

一諾：（引導式的語言）好，慢慢地，慢慢地，睜開眼睛。

（靜芳慢慢睜開眼睛。）

一諾：（對靜芳）感覺怎麼樣？

（靜芳恍然，排練場竟陌生，不甚熟練地比了：「藝術」「小孩」「你」。）

一諾：藝術……小孩……我？（懂了，笑了）藝術之子。

（靜芳點點頭，覺得自己有些失態了而不好意思。）

一諾：妳覺得呢？（笑）我從來都不知道這個稱號是怎麼來的。就只因為我有一個藝術家媽媽？（拿起酒杯，思索）妳們知道，神童長大會變成什麼嗎？（靜芳和宛綺搖搖頭）一個平凡人。那神童變老呢？（靜芳和宛綺再搖搖頭）一個噁心的平凡人。嘿，如果有一天，我老了，妳們覺得我會變成那種噁心的前輩嗎？如果有一天，我變得白髮蒼蒼、腦滿腸肥，然後我就可以叫年輕女演員坐我的大腿？不然我們來想像一下……我變得很老、很老了，我比現在還要老二十歲，還要胖二十公斤，當然，權力也比現在還要大……

（一諾彈了一下手指。他改變身型、坐姿，甚至眼袋的垂度。）

一諾：（對靜芳招手）來來來，過來，就是妳。沒有看過妳欸？來嘛，不要害羞，過來。

（靜芳往前走了幾步，當她快走到一諾身邊時，一諾又下達了其他命令。）

一諾：幫我按摩。

（靜芳遲疑，接著順著一諾的手勢繞到他的背後幫他按摩。）

（宛綺放DV在原地繼續錄這段「即興」。她回到排助桌，開始收拾東西。）

一諾：（舒服地呻吟）哇妳手很有力欸，噢……叫什麼名字啊？

（靜芳遲疑，不知說什麼才好。）

一諾：（拍拍自己旁邊的座位）沒關係，來，坐坐坐。

（靜芳繞回一諾身邊，快要坐下時被一諾叫住。）

一諾：坐我大腿。

（靜芳停頓，不好意思地慢慢坐在一諾大腿上。）

一諾：（遞酒給靜芳）要不要喝一點？

（靜芳接過酒杯，小小喝了一口，嗆到，咳嗽。）

（一諾見狀輕輕笑了。）

一諾：（環抱靜芳，兩人注視著鏡中的這個畫面）知道嗎？這些都是我媽跟我說過的事情。身為一個人不能為所欲為，當然不行，但是在作品裡我們可以。我們都是自由的。（把靜芳放開，面對著她說）芳芳，妳一直都太嚴肅了，妳還不敢把自己交出去，但是一個演員最美麗的時刻，就是她最脆弱、最不堪一擊的時候。（高舉靜芳的劇本）這就是《海鷗》。芳芳，第二幕最後那段，帶著剛剛這個感覺，我們走一個！

（靜芳緊張地回到鏡子前複習。）

一諾：把幕拉起來。

（宛綺把幕拉上。靜芳看不見鏡子了。）

（一諾至衣車拿了一件白、紅雙色漸層的長裙為靜芳套上，靜芳的下半身就像一隻中了槍染血的白色海鷗。）

宛綺：（看了看手錶）導演對不起，我要去趕車了。

一諾：好，去去去。

（宛綺穿上外套揹好包包悄悄離開。）

（靜芳就定位準備開始。一諾操作著DV。）

（海鷗之舞主題曲出現。）

妮娜：（開始進行一段由台詞的手語發展而成的無聲舞蹈，極有魅力，著魔般地）為了當演員，我情願忍受親人對我的疏離，情願忍受貧困和挫折，我可以在小閣樓裡棲身，用黑麵包果腹。我會因為對自己不滿意以及意識到自己的不完美而感到痛苦，然而我卻追求名聲……極致的盛名……

一諾：（以特里果林的台詞回應）我不想走了，這裡多麼令人嚮往，多美啊！

（彷彿看見海鷗，拿起腳架上的DV往靜芳靠近）這是什麼？

妮娜：（手語）海鷗。康斯坦丁射殺的。

一諾：（以特里果林的台詞回應，持續拍攝靜芳特寫）一動也不動，美麗的鳥啊。說真的，我不想走……

妮娜：（手語）你在寫些什麼呢？

一諾：（以特里果林的台詞回應，邊拍靜芳邊說）沒什麼，只是忽然想到一個故事情節：一個年輕女孩，從小就住在湖邊，就像妳一樣；她像海鷗般熱愛這片湖水，也像海鷗那樣幸福又自由。但有個人偶然來了，看見她，只因為無所事事，便殺了她，就像這一隻海鷗——（他手上的DV幾乎貼著靜芳的身體移動，他停在靜芳耳邊輕聲低語）我不走了，我要留下來。

靜芳：（驚醒，倒抽一口氣，雖然還打著手語，仍不禁出聲）一場夢……

一諾：（注視著觀景窗中的靜芳）不覺得手語很美嗎？美到極致的時候，誰還在乎背後的意義？（靈機一動）這是一個好問題……

（一諾放下DV，開始亢奮地在排練場走來走去。他倒了一杯酒喝。）

（靜芳拉開一小段黑幕，看著鏡中的自己。）

一諾：芳芳，這次我想做的是，始終沒辦法為自己發聲的妮娜，到了第四幕，最後一幕，她終於明白了為藝術犧牲奉獻的真諦，她才能開口說話——妳懂嗎？

（靜芳想要開口卻不敢，想打手語又不知道該怎麼辦。）

一諾：沒關係，妳說。

靜芳：（微微比手畫腳）我知道，我會很努力地練習，我有想過接下來不管是正在排練還是排練以外的時間，我都只能用手語或肢體的方式來表達。

（一諾拿出一顆戲劇遊戲用的軟球或沙包，丟給靜芳。靜芳接住。）

一諾：（感動且興奮）還記得之前我跟心蕾老師帶過的雙人練習嗎？（靜芳

點點頭）一樣的，來！

（兩人開始同時丟接球和台詞，遊戲規則是拿到球的人有權發話，另一個人要搶球。他們對這一段台詞是熟悉的，不需要拿本。）

（在搶球過程中有椅子被翻倒了，靜芳原先放在椅子上的劇本摔到了地上。）

妮娜：單數還是雙數？

特里果林：雙。

妮娜：不對。我手裡只有一顆豌豆。我在卜卦。

特里果林：卜卦？

妮娜：看我到底適不適合去當演員呢？真希望有人能給我建議。

特里果林：這種事情，旁人不能隨便給建議的。

妮娜：我們就要分別……怕是以後再也碰不到面了。（丟球）所以請您收下這份禮物，作為紀念。

特里果林：（接球）一份禮物！這是什麼？

妮娜：一條項鍊，上面刻著你小說的書名——《白晝與黑夜》。

特里果林：（把玩手中的球，並假裝讀出球上的文字）「《白晝與黑夜》……第一百二十一頁第十一行到第十二行。」這是一條線索嗎？

（一諾將軟球或沙包丟進靜芳的小窩。靜芳進去撿。一諾尾隨她。）

（靜芳撿到了，繼續把丟球的遊戲往下進行。）

妮娜：希望你偶爾會想起我。

特里果林：我當然會想起妳。

（一諾把球丟回排練場，靜芳想要再去撿，一諾阻止她，示意她繼續丟詞。）

靜芳：（停頓，不確定是否仍在練習）想起什麼呢？

一諾：（牽起靜芳的手）想起……一個陽光明媚的日子。

靜芳：還想起什麼？

一諾：（拉著靜芳一起坐進小窩的沙發）想起……妳穿著一件淺色的洋裝……

靜芳：還想起什麼？

一諾：（身體挨近靜芳）想起……我們正聊著天……

靜芳：聊什麼呢？

一諾：長椅上躺著一隻白色的海鷗。

（一諾吻靜芳。）

靜芳：（繼續給詞）……我們不能再聊下去了！有人來了！有人……

一諾：噓。放鬆，不要怕，把自己交給我……

（一諾將靜芳推倒在沙發上，燈漸暗。）

（尖叫聲、喘息聲、碰撞聲、哭泣聲。）

（突然一片死寂。）

一諾：（字幕）芳芳，如果現在妳還能開口說最後一句話——妳想說什麼？

靜芳：（字幕）我想要成為你心目中的妮娜。我會努力。我會很努力很努力。

第四場：攝影機

（黑暗的排練場。）

（又是強烈的白光。）

（靜芳的影子再次衝了進來，重重地跌落在地。）

（她掙扎著起身，身上依然穿著妮娜染血的戲服。她看起來仍然不太清楚自己剛發生了什麼事，感覺疼痛，接著再次發現自己身上的血跡。她想起來了。）

（影像進，她看著影像，發現事情一再重複，無路可出。）

（穿著和前一場相同衣裙的靜芳從沙發上驚醒，又睡去，驚醒，又睡去，像一個不斷輪迴的惡夢。）

（投影：多重視角，包括一諾拍的靜芳；宛綺拍的一諾和靜芳；靜芳的影子所看見的靜芳、一諾和宛綺；靜芳的主觀鏡頭等等，並且不時閃現裸體與交媾的畫面，在單一或多個投影位置不斷切換。）

（場上紅色光點四起，一閃一閃，如同攝影機顯示運作中的無限放大。）

（在夢中醒來的靜芳走出小窩。靜影端詳靜芳的臉，從她臉上夾起一根斷掉的睫毛放在手裡，一口氣吹走。）

（靜芳和靜影一起注視著這些投影畫面。）

靜芳：（研究著）如果再演一次，怎麼樣可以演得更好？

靜影：更逼真嗎？

靜芳：演流血的時候真的流血，演痛的時候真的痛。

靜影：（環顧投影介面）這上面演的都是真的嗎？

靜芳：要怎麼演，看起來才像是有性的慾望？

靜影：（走近投影介面）這上面看起來真的沒有感覺。

靜芳：是真的有感覺，不是假裝有感覺。

靜影：（撫摸投影介面）我真的沒有感覺。

靜芳：如果再來一次，我是不是應該更主動一點？

（靜芳往畫面高處走去。）

靜影：再看一次這些畫面，我真的快要沒有感覺了。

靜芳：我的身體沒有動。

靜影：這些畫面還要這樣子重播幾遍？

靜芳：我的身體不夠放鬆。

靜影：這些畫面還要這樣子重播幾遍？

（投影畫面卡住，停格，當機一般。）

靜影：它不動了，還在錄嗎？

靜芳：我演得很僵硬。

靜影：（走近紅光的來源，檢視）攝影機忘記關了？

靜芳：為什麼從來都沒有人教我應該要怎麼做呢？

靜影：誰忘記關的？

靜芳：是我演得不夠好……

靜影：誰忘記關的？

靜芳：我演得不夠好……

靜影：要怎麼把它關掉？怎麼把它關掉？怎麼把它關掉！

靜芳：妳可不可以安靜一點！

（停頓。）

靜影：把它們關掉，我們可以快樂一點。

靜芳：怎麼可能？如果正在排一齣很嚴肅的戲呢？很黑暗的戲？如果我還奢求快樂的話，就是背叛我的角色。（停頓）我看起來怎麼樣？我快樂嗎？

（門鈴聲。）

靜芳：我的聲音聽起來是什麼樣子？

（門鈴聲。）

靜影：現在，妳聽到的這個我的聲音，我聽到的這個妳的聲音，都只是想像的聲音，都只是我們的想像，這個聲音永遠不會有人聽見。

（投影畫面一個個熄滅。最後一次門鈴聲。）

靜影：不要開門。

（靜芳往大門衝。但是傳來鑰匙轉動聲，門開了。）

第五場：角色自傳

（這一場開頭，靜影的位置必須在一個能俯瞰排練場全局的制高點，稍後可以自由穿梭在其他角色之間。）

（鑰匙聲。心蕾轉動鑰匙把門打開。宛綺和心蕾一起。）

心蕾：（對宛綺）先進去吧。

（心蕾被雨淋濕，憔悴失神。她抬頭望向靜影，但靜影並沒有發覺。）

（宛綺收傘。靜芳看起來狀態非常差，但仍勉強自己跟宛綺打招呼。）

宛綺：（有點尷尬）原來靜芳妳在？我剛剛門鈴按好久。

（靜芳對宛綺比手語，而靜影同時出聲講話。）

靜芳／靜影：對不起，我睡過頭了。外面下雨嗎？
宛綺：嗯，外面下大雨。
（心蕾發現那顆還留在地上的球，靜芳發現還扔在地上的劇本。她們同時彎腰，分別把那兩樣物品撿起來。）
（予棠進場。）
予棠：大家早。
宛綺：早安。
靜芳／靜影：（靜芳比手語，靜影出聲）早安。
（予棠沒有理睬。她放好包包，開始將阿爾卡吉娜的代排服裝換上，服裝細節又比之前更完整了些。）

（宛綺放好東西，先收第三場留下來的腳架、椅子，再把印好的排演日誌貼在導演桌與鋼琴旁的牆面上。）

（靜芳幫忙把幕拉開。）

心蕾：排練場有三把鑰匙，我跟導演各有一把，現在靜芳住在這裡也有一把。喬喬如果妳有需要，我們再看怎麼安排。

予棠：我這邊之後也想自己來排練。請問代排的衣服我可以帶回去練嗎？

心蕾：好。導演今天需要處理其他事情，可能不會到。喬喬妳準備一下音樂，我們先從……

（一諾快步進。與靜芳錯身。）

靜影：（倒抽一口氣）啊！

（靜芳雖然被嚇一跳但仍然安安靜靜的，出聲的是靜影。）

一諾：（對靜芳）妳在這邊幹嘛？今天沒有要排妮娜啊。

（大家面面相覷，看著靜芳。）

（飽受驚嚇的靜芳開始石化，解離，在場上遊走。靜影一直守著她。）

一諾：暖身了沒？（頓）不用暖了，直接工作劇本第三幕！

（大家嚇一跳，拿出劇本，快速準備就緒。）

一諾：第三幕在做什麼？角色動機是什麼？

予棠：阿爾卡吉娜求特里果林不要拋棄她。

一諾：拋棄？我喜歡這個動詞，但是夠精準嗎？給我更多動詞！宛綺，給詞。

（以下予棠讀阿爾卡吉娜，宛綺會給她特里果林的詞，協助對戲。）

特里果林：我拜託妳，放了我吧……

阿爾卡吉娜：你對她就這麼神魂顛倒？

特里果林：我為她著迷，或許這就是我需要的。

阿爾卡吉娜：不，不要……鮑里斯[2]，我只是個平凡的女人，你不能跟我說這種話……不要對我這麼殘忍……我好害怕……

特里果林：妳也可以成為不平凡的女人……

（一諾把宛綺的劇本搶過去讀。）

特里果林：妳也可以成為不平凡的女人！只要妳願意的話。青春的、美好的、詩意的愛情，把人帶往夢幻的境界，我從來沒有體驗過。現在我不年輕了，而它卻出現了，有什麼道理要我遠離它呢？

2 特里果林的名字，用以顯示更為親暱的關係。

阿爾卡吉娜：你瘋了！

特里果林：就當我是瘋了吧！

阿爾卡吉娜：你們今天全都串通好要來折磨我！

特里果林：她聽不懂！她也不想要懂！

阿爾卡吉娜：難道我已經又老又醜，才讓你可以這樣毫無顧忌地跟我談論別的女人？

一諾：（笑，像想起了什麼）好，先到這裡。如果就是這個狀態呢？予棠，不要被語言給侷限！阿爾卡吉娜的手語是一種低聲下氣直到聽不見的矯揉造作，這是一種手段，（突然針對心蕾）對吧？心蕾老師？予棠，所以妳不用多想。宛綺，妳幫予棠拿劇本，就從剛剛接下去！來！

予棠：（開始加入手語動作）難道我已經又老又醜……

一諾：（引導予棠往自己的方向靠近）再來，更多。

予棠：（同時說台詞和打手語，往一諾的方向走）……難道我已經又老又醜，才讓你可以這樣毫無顧忌地跟我談論別的女人？

一諾：（刺激予棠）為什麼不可以啊？

予棠：……你可以這樣毫無顧忌地跟我談論別的女人？

一諾：（刺激予棠）為什麼不可以！

予棠：……噢，你瘋了！

一諾：（刺激予棠）我聽不到耶！

予棠：你瘋了！

一諾：（刺激予棠）我有嗎？

予棠：……我完美的、令人讚嘆的……你，是我生命的最後一頁！

一諾：（刺激予棠）噢？我是嗎？我是嗎？

予棠：你是我生命中最美好的一頁……

一諾：（刺激予棠）我不相信！

予棠：你是我的歡樂、我的驕傲、我的幸福……你是我生命中……

一諾：（吼）予棠妳身體的爆發力呢？（對心蕾）心蕾老師妳來！（對予棠）予棠，妳唸——妳剛剛唸的時候都還比較好。

（心蕾走到場上。）

（靜芳默默來到衣車旁，又套了一件妮娜的戲服。她沒有穿好，衣衫不整。）

（靜影時近時遠，她想逃避排練，但她阻止不了靜芳的在場。）

一諾：來，開始！（給特里果林的詞）——她聽不懂，她也不想要懂。

予棠／心蕾：（予棠高喊台詞，心蕾以強烈身體動作回應）如果你拋下我，哪怕是一個小時，我也活不下去，我會瘋掉，我優秀的、出色的，我的主人。我對你的愛沒什麼好羞恥的。我的寶貝，你想要發瘋，但我不讓你瘋，我不允許！你是我的……你是我的……這個額頭是我的、這雙眼睛也是我的，還有這柔軟光滑如絲般的頭髮也是我的……你整個人都是我的。你是這麼樣的才華洋溢、聰明，當今所有作家之中最好的，你是俄羅斯唯一的希望……你的作品是多麼真誠、質樸、清新、幽默……你一筆就能勾勒出人物或是風景的主要特徵，在你筆下的人物都栩栩如生。噢，讀你的作品誰能不拍案叫絕！你認為我這是在阿諛奉承你嗎？看著我的眼睛……好好看著我……我像是在說謊嗎？你看，只有我才知道你的價值，只有我才會對你說實話，我親愛的，我的寶貝……你會跟我走吧？對嗎？你不會拋棄我吧？

（心蕾欲接近一諾，一諾打斷此即興。）

一諾：拋棄，原來真的有這個動詞……（搬一張椅子到場中央）予棠、心蕾，妳們兩個過來坐在這張椅子上。（指定一個角落要宛綺站過去）宛綺。（指定另一個角落要靜芳站過去）靜芳……王靜芳？……王、靜、芳！

（靜影喚醒失神落魄的靜芳，靜芳這才聽見一諾的聲音，回排練場就定位。）

（予棠和心蕾背靠背坐在同一張椅子上，分頭面對兩個角落，予棠被指定正對著宛綺，心蕾被指定正對著靜芳。）

一諾：宛綺妳重複唸這段，妳們要把能量投射到她們兩個人身上！來，（吼）她聽不懂，她也不想要懂！

宛綺／予棠／心蕾：（宛綺唸詞，心蕾、予棠同時以肢體動作回應台詞力道）難道我已經又老又醜，才讓你可以這樣毫無顧忌地跟我談論別的女人？噢你發瘋了！噢你完美得令人讚嘆……你是我生命中的最後一頁！我的歡樂、我的驕傲、我的幸福……如果你拋下我，哪怕只有一個小時我也活不下去，我會瘋掉……噢我優秀的、出色的，我的主人，我的主人，我的主人……

（心蕾不斷將高能量投射在靜芳身上，靜芳非常害怕，靜影擋在她們之間。）

（心蕾突然一陣暈眩倒地，宛綺趕緊跑過去把她扶起來，她臉上都是水光。）

宛綺：心蕾老師！心蕾老師，妳還好嗎……

心蕾：沒事，我沒事，我去洗把臉，馬上回來。（往廁所的方向走）

（心蕾仍有些不穩，宛綺扶她，心蕾對宛綺表示不用跟來，便獨自下場。）

（當擔心的宛綺、戰慄的靜影，甚至快要崩解的靜芳都還能目送心蕾離場時，剛做完同等激烈訓練的予棠卻第一次看起來快無法承受下去，她仍在虛脫中。）

一諾：來，予棠妳告訴她們兩個，剛剛那樣有很激烈嗎？

（場上一片安靜。一諾無法忍受自己不能控制的局面。）

予棠：（這才回神）沒有。

一諾：沒有嘛。所以我們剛剛究竟在做什麼？所以剛剛究竟發生了什麼事呢？

予棠：（對靜芳和宛綺）導演這麼做是為了激發我們的潛力，透過這種方式，才能讓我們毫無保留地把能量全部都釋放出來。

（一諾鼓掌。）

一諾：標準答案。那為什麼暈倒的不是妳？

（予棠錯愕，無法反應。）

一諾：因為妳比較專業？

（予棠搖搖頭。）

一諾：還是因為妳根本就不夠拚命呢？

（予棠彷若點頭，非常些微地。）

一諾：妳去廁所看一下心蕾吧。

（予棠快步下場，她一直忍到經過另外兩個女生身邊，不會再被她們看見時，眼淚才落了下來。）

（場上再度一片安靜。有一股躁動在一諾心中醞釀。）

（一諾從導演桌上拿出一個資料夾，翻至某一頁，看看靜芳，又看看宛綺。）

一諾：喬喬。

（宛綺愣了一下。）

一諾：（遞給宛綺資料夾）這個，妳讀讀看。

宛綺：（接過）這個是？（看了一眼靜芳）

一諾：就先試試看，我們就是在發展而已，說不定之後會用上。

宛綺：好。「我生長在一個跟藝術完全沒關係的家庭，」

靜影：（對靜芳）妳聽見了嗎？

（靜芳聽見自己的自傳內容，她過分震驚，僵在原地。）

宛綺：「念書是為了有好工作，有好工作是為了賺錢，」

靜影：（對靜芳）妳聽見了嗎！

宛綺：「賺不了錢就好好嫁人，結婚生子。」

靜影：（對一諾）讓我們唸……

宛綺／靜影：「自從高中社團第一次上台，雖然我只是演一個主角旁邊超級小的角色，但是大家一起同心協力完成一件事的感覺，是那麼樣的快樂，在劇場裡不分你我，沒有高低，團結一致，那種感覺一直到現在我都還記得。」

靜影：我可以唸……

宛綺／靜影：「所以之後我瘋狂尋找演出機會，劇場才是我的家。黑黑的，我卻覺得很有安全感。」

靜影：不要奪走我的聲音……！

宛綺／靜影：「為了把戲演好，我什麼都願意做，再苦我也願意，因為一點都不苦……」

（靜影唸不下去了。）

宛綺：「如果您願意給我一個機會——雖然我可能表達得不夠好，但請相信，我的心裡有一百次的謝謝，一千次的謝謝！」

一諾：「某月某號（視真實演出日期往前推半年左右的時間），王靜芳，安靜的靜，芬芳的芳。」

靜影：（對靜芳或對自己）不要讓他奪走我們的聲音……

一諾：多純真的聲音，無知，但也無所畏懼。王靜芳，妳現在還有辦法做這樣的詮釋嗎？還是妳回不去了？

（沉默。宛綺本來還不確定，但聽到靜芳的名字後她就知道自己唸了什麼。）

一諾：喬喬，妳喜歡這段文字嗎？有感覺嗎？

（沉默。宛綺很為難。）

一諾：它是個劇本的好素材，對吧？（頓）噢——叫妳喬喬ＯＫ嗎？大家都叫妳喬喬？

（宛綺點頭。）

一諾：喬喬，心蕾老師教的那些動作，妳都會做嗎？

（宛綺點點頭。）

一諾：很好，喬喬，我有事情要問妳，跟我來一下。（往外走）

（宛綺連忙跟著一諾一起離開排練場。）

（靜芳昏倒。）

（燈暗。）

第六場：黑盒子

（全暗中。靜芳慢慢甦醒過來。）

靜芳：我睡不著……這裡好黑……這裡有……黑色的地板……黑色的牆壁……黑色的幕……黑色的膠帶……黑色的電線……還有黑色的椅子……

（非常黯淡的光線。開始有光，有影，看見靜芳和靜影的輪廓。靜芳在地上，靜影在高處，像是守候靜芳已久，等著她醒來。）

靜芳：（看見靜影）妳也好黑。

靜影：我是影子。

靜芳：我從來沒有想過會變成這個樣子。

靜影：我們從來都不想要是這個樣子。

靜芳：是因為我做了什麼，還是我沒做什麼，所以那些可怕的事情才會發生？

靜影：不要想了。我們回不去了。

靜芳：（一陣冷顫）都是我的錯。（頓）我不應該存在。（躲到導演桌底下）

靜影：是我不應該存在。（手語）「無論妳做什麼，或不做什麼，這一切都會發生。」記得嗎？妳知道的。

靜芳：發生？發生了什麼事？

靜影：（幫靜芳把衣服穿好，這是靜芳層層疊疊所套上的妮娜最外層的戲服）沒事。心蕾老師說，沒事。

靜芳：喬喬，喬喬她說……她說……

（宛綺上場，神色怪異。她走到排助桌，打開電腦，開始瘋狂打字。）

靜影：「《白晝與黑夜》……第一百二十一頁第十一行到第十二行。」

靜芳：我想繼續排戲。為什麼我們不排戲了？（緊張）戲排完了嗎？

靜影：戲沒事。戲很好。

靜芳：為什麼我什麼都不記得了。

靜影：妳沒事。妳也很好。

靜芳：到底發生了什麼事？

靜影：不要緊張，忘記的事情，喬喬通通都有記下來。

靜芳：對，我們有排練日誌，有時候我們還有錄影！……妳說喬喬通通都有記下來……

靜影：妳要複習啊。

靜芳：對，我想一直一直排戲。我是一隻海鷗。

靜影：我，是一隻海鷗。

靜芳：特里果林的小說，第一百二十一頁第十一行到第十二行。（手語）「如果我的生命對你有任何用處，就拿去吧。」

靜影：（同時低語）「如果我的生命對你有任何用處，就拿去吧。」（注意到宛綺）喬喬來了。

靜芳：我們去找她！

（以下靜芳打手語，靜影同時出聲以語言表達。）

靜芳／靜影：喬喬，我可以看一下排練日誌嗎？

宛綺：（嚴重驚嚇）可是……我還沒有整理完。

靜芳／靜影：沒關係啊，還沒整理過的也沒關係，我只是想要複習一下。

宛綺：可是……我還要先給導演看過。

（宛綺彷彿對著靜影回話。靜影震驚，卻又不太確定，以致當靜芳已經繼續以手語問「那錄影呢？」的時候，靜影一開始沒有即時翻譯。）

（心蕾進場，默不作聲，看著她們三個。）

靜芳：（手語）那錄影呢？

靜影：……那錄影呢？

宛綺：（避開靜影視線）錄影的帶子要轉檔才能看。

靜影：（緊張，對靜芳）她為什麼不幫我們……？

宛綺：（緊張，對自己）我為什麼不幫妳們……？

靜影：（緊張，對宛綺）妳為什麼不幫我們……？

靜芳／靜影：不能直接放到機器裡面看嗎？畫面很小也沒有關係啊。

宛綺：（彷彿自言自語）帶子現在很亂，有的還被洗掉，所以……

靜影：被洗掉？

宛綺：因為帶子不夠，如果有的不重要的話……

靜影：……不重要？

靜芳：（對靜影）她為什麼不幫我們……？

靜影：（對宛綺）妳為什麼不幫我們……？

宛綺：（頓，爆發，對靜影）我為什麼不幫妳們！

（短暫沉默。）

靜影：喬喬，告訴我，之前的「進度」，妳是不是通通都知道？

宛綺：（忍著不哭，對靜影）不能讓老師知道老師知道會難過的——

靜影：（對宛綺）老師什麼都還不知道對不對——

靜芳：（對靜影和宛綺）有什麼關係？不管發生任何事情都是在排戲啊。

宛綺：（對靜影和靜芳）可是導演說——

心蕾：（自高處現身）導演說什麼？

（三人愣住。）

心蕾：（對靜芳）靜芳，妳想複習哪裡？可以問我啊。

靜芳：（慢慢地打手語）人類、獅子、老鷹和山鶉……

心蕾：（點頭）妳想要複習海鷗之舞。來，我們先來做一個想像的練習……

（靜芳被催眠，開始接受老師給予的想像，繞圓場走。宛綺和靜影也跟上。）

心蕾：想像一下，如果有一天，妳老了，比現在大二十歲，胖二十公斤，妳的皮膚長滿皺紋，妳的臉頰凹陷，妳的頭髮變白，妳的腰站不直，妳會被更年輕的人取代。可是在劇場裡，大家一起同心協力完成一件事的感覺是那麼樣的快樂，在劇場裡，不分你我，沒有高低，團結一致不是嗎？我還可以再轉二十圈，我還可以再繼續旋轉！可是我好冷，還有誰願意接住我？還有誰願意再給我一個機會？請記住我年輕漂亮的樣子，再苦我也願意，因為一點也不苦，一點也不苦。所以，（對靜芳）靜芳，妳是一隻海鷗。來，跟我做一遍。

（數顆音符落下。海鷗之舞音樂進。湖泊光區進。心蕾帶領靜芳跳海鷗之舞。靜芳走入湖泊，她一個人狂舞。而心蕾與靜影緩緩對跳，仿若鏡像。）

（這段時間，宛綺開始將牆上的排演日誌一張一張撕下來收好。）

心蕾／靜影／靜芳：（海鷗之舞，一段以台詞的手語再發展而成的舞蹈動作，內容來自《海鷗》第一幕的戲中戲，康斯坦丁劇作開頭由妮娜所演繹的長獨白）人類、獅子、老鷹和山鶉、長角的鹿、鵝、蜘蛛、安靜的魚、水生動物、海星，還有那些肉眼看不見的生物——總之，世間萬物，一切，所有生命，完成他們悲慘的輪迴就消失殆盡……歷經幾千個世紀，地球上沒有任何活物，枉費這可憐的月亮兀自發光。再也無法伴隨草地上鶴的長鳴甦醒，椴樹林裡也聽不見五月金龜子的聲音——好冷、好冷、好冷。空蕩蕩、空蕩蕩、空蕩蕩。可怕、可怕、可怕。

（予棠早已進到排練場，她穿著阿爾卡吉娜最完整的戲服，走到劇中那片湖泊的邊緣。她坐下來，像是個觀眾般微笑，欣賞著正在「表演」的妮娜。）

（靜影與心蕾錯身。靜影繼續被掏空般地旋轉。心蕾走到鏡子前端詳自己。）

靜芳：（舞動至狂喜）我，是一隻海鷗——

心蕾：（對靜影）妳要一直複習，到妳不會再忘記為止。

靜芳：（自我說服）我，是一隻海鷗……

予棠：（鼓掌）Bravo! Bravo! 我們都欣賞妳。妳應該要當演員的。妮娜，妳聽見了我說的話了嗎？妳應該要當一個演員的……

（靜芳從腦海深處聽見了予棠的聲音。此刻的她，是靜芳懼怕著予棠？或妮娜懼怕著阿爾卡吉娜？或是多年後妮娜反覆回憶起自己第一次和阿爾卡吉娜還有特里果林在湖邊小舞台相遇的情景？又或者是靜芳困惑於，當自己獻上全部，終於成為一隻海鷗之後，為什麼還有人說她是「演」的呢？）

靜芳：（不斷重複，變換各種語氣）我是一隻海鷗……！我是一隻海鷗……！

予棠：（不斷重複，逐步逼近靜芳）妮娜，妳聽見了我說的話了嗎？妳應該要當演員的……

（予棠抱住靜芳，像要讚美她。）

靜芳：（徹底崩潰，尖叫）……我是一隻海鷗！

（湖泊燈區乍收。海鷗之舞的音樂瞬間靜止，只剩下靜芳潰堤的啜泣聲。）

予棠：……王靜芳！妳到底在幹嘛？（推開靜芳，或打了靜芳一巴掌）欸，妳該不會以為妳這樣就可以不演吧？

（靜芳渙散的眼神終於回到予棠身上。）

予棠：妳苦，誰不苦？無論如何戲都會開演，觀眾才不管妳的死活。劇場不是扮家家酒，不會永遠幸福快樂。

（靜芳流著淚。）

予棠：王靜芳，我就跟妳說白了，妳只是玩玩而已，可是我跟妳不一樣，劇場是我的一切，妳非演不可。如果妳真的受不了了，趕快說出來，找其他舒舒服服的工作做沒有什麼不好，這樣喬喬還有時間練習妳的部分。

（靜芳對予棠的暗示感到驚恐，無法動彈。）

（燈光此刻完全回到現實。）

宛綺：（拿著一疊排演日誌）大家，因為排練場接下來要裝台裝燈，最後這幾天排練會移到其他地方，請大家把自己的隨身物品帶走。我這邊會再講一次今天的流程：現在是中午十二點，大家先去拜拜，然後吃便當，吃完便當梳化，六點前著裝完成，晚上會先跟技術點一起排練。星期三技排跟星期四彩排的流程，我都會在前一天晚上再說一遍。快首演了，大家加油。

予棠：知道了，謝謝喬喬。

心蕾：喬喬，辛苦了。那我們東西收一收，準備出發吧。

（大家開始收拾自己的個人物品及小道具，大包小包的。）

（心蕾先離開。）

予棠：（對宛綺）走吧。

宛綺：妳們先走，我把這幾天的排練日誌整理好給導演。很快就跟上。

（予棠點點頭，準備離開，她無法不去注意還倒在地上的靜芳，折返，把靜芳從地上拉起來，然後走掉。）

（靜芳看著予棠的背影，她跟上她。）

第七場：排演日誌

（宛綺坐在排助桌。良久。她開始操作電腦。）

（影像：第五場排練《海鷗》第三幕時的排演日誌，也就是宛綺被一諾帶走的那一天。）

（以下突然大片空白。）

（滑鼠游標操作反白。）

（一篇隱藏版排演日誌開始顯影。）

「X月X日　星期X　X時X分至X時X分　出席XXX　記錄XXX

今天先工作第三幕

心蕾老師昏倒

導演中斷排練
帶我去場勘
他說他想找一片湖泊
帶演員去做移地訓練
天氣很好
所以我有一點點開心
可以暫時離開曬不到太陽的排練場
我們一直找一直找
結果迷路了
路上都沒有人
他問我有沒有想過當演員
雖然總是代排

但我演得很好
我可以演很多角色的
比如說
妮娜
我說
謝謝
導演說我要學會放鬆
當演員就是要把自己交出去
他還說了很多很多
可是對不起
我只能記到這邊
因為我好像什麼都不記得了

他弄痛我
而我因此道謝」
（宛綺全選，刪除。）
（所有排演日誌都被撒在空中，一張又一張的白紙，無字天書。）
（靜影將最一開始妮娜的那件血洋裝套在宛綺身上，宛綺變身完成，成為下一個要登台獻祭的人。）
（由一諾錄製的演前須知開始播放、轟炸。排演日誌投影，一篇又一篇。記錄著這三個月來的每一天，也充滿前面第二場到第五場導演曾經說過的筆記。）
一諾：（錄音）各位觀眾您好，歡迎來欣賞我的《海鷗》。

演出中請不要攝影、錄音及飲食，
並請關閉您的行動電話。
本節目婉謝獻花，
沒有中場休息，
謝幕時不開放拍照。
演出即將開始，
祝您有個美好的看戲時光。
（演前須知重複播放，一諾的聲音逐漸變形扭曲。）
（真實的前台人員進場，打破了一諾的劇場，開始引導真實的觀眾往外移動：「各位觀眾，現在是中場休息時間，因換景需求，請您移步至劇場外稍候片刻，謝謝。」）

中場休息：導演理念

（場外，劇場前台設有螢幕，不斷播放著一諾的導演理念宣傳影片。）

（影片裡的訪綱與一諾作答的部分都可以再自由發揮，也可以用人工智慧生成。）

范一諾：我認為劇場是一個
令人又愛又恨的地方吧
我希望
在我的劇場裡面可以創造出
一個安全的環境
讓大家去

探索自我
理解世界
挖掘人性
它之所以存在
就是因為我們在這個安全的空間中
可以很放心的去
去尋找自己
我覺得這是一個非常獨特的存在
因為在這個社會上
其實有很多東西是被蒙蔽住的
我們往往沒有辦法看到這個世界的背面
有時候是我們不願意去看

這個世界不願意告訴你
這個社會不願意告訴你
但不代表它不存在
真正意義上的事情是
我們只是去掀開這個世界的表皮
去窺探裡面的世界
我認為這個就是劇場它存在
它必須要存在的地方
我想劇場是一個
能夠促進社會變革、進步的地方
因為我覺得劇場是一個可以用來探討
禁忌性的話題

爭議性的話題的存在
最重要的是行動
所以什麼時候
我們才能不再去問
作品想要傳達的是什麼？
它就像是一個培養皿
它是一個世界的縮影
如果你真的想要帶給這個世界些什麼的話
歡迎來做劇場

訪談者（畫外音）：請您先談談這次的作品想要傳達給觀眾什麼呢？

范一諾：作品想要傳達什麼？

或許讓我先談一談，透過「劇場」我們要做的是什麼？

我和我的演員們正在創造的，是藝術，一個藝術品。

是的，一個在現實生活當中難以感知、難以經驗，甚至難以理解或表達的藝術作品。

藝術，讓觀眾可以感受到自己的存在和價值，

而且正是透過劇場，我們才能探索並表現出人性裡的各種行為與感受。

「劇場」啟發我們的想像與情感，但最重要的，是行動。

所以什麼時候我們能不再去問作品想要傳達的是什麼呢？

（笑）

訪談者（畫外音）：您的作品總是特別聚焦於女性角色，有什麼原因嗎？

范一諾：大家都知道，我的母親是一位非常出色的藝術家。當然也知道，她對我的藝術創作之路有非常大的影響。

（頓）

我很驚訝你們沒有問「藝術之子」這一題耶！

還是我應該反問你們：怎麼會有這個稱號？

確實，在我的作品中，我經常探索女性角色的特質，母性，還有「美」的主題，女性的多重面向……

我一直深深著迷於女性那種與生俱來的美——純粹、細緻、敏感，當然也有著許多的矛盾、不確定和掙扎。

在作品裡看著她們有時我會忘了自己是一個導演，有更多的時候我像是一個孩子，一個情人。

女人太迷人了，每一個女人都是，你不覺得嗎？
為什麼女人自己不知道呢？
那些經典的女角總是吸引著我去為她們發聲，或許就像是我的母親也像是我的情人吧——
我想我可能得花一輩子的時間來尋找了。

訪談者（畫外音）**：**您認為什麼是劇場呢？

范一諾：劇場，令人又愛又恨的劇場。
我想劇場可以說是一個讓我們能安全地挑戰自我、理解世界和探索人性的地方吧。
身為劇場導演，我有責任創造出一個環境，一個讓觀眾身歷其境的環境，

讓觀眾感受到舞台上所呈現的故事和情緒，
感受到真實，感受到混沌，感受到清晰和不明。
劇場是一個極其有力的藝術形式，
它啟發我們的思想、情感還有行動。
該怎麼說呢？
我想劇場是能夠促進社會的變革和進步的，
因為它就像一個培養皿，
它是世界的縮影，
如果你真的想帶給這個世界一些什麼，歡迎來做劇場。

訪談者（畫外音）**：**您認為一位好導演應該具備什麼樣的特質？

范一諾：身為一個劇場導演，應該關注社會的變革和進步，以及對於種族、性別、人權和環境等等議題的關注。至於在創作過程中，一個導演必須保持開放和靈活，需要尊重演員、尊重設計群、尊重劇組裡每一個人的創意和意見，這才是一個真正意義上的團隊合作，總體藝術。而導演作為一個開創者，他應該審慎思考自己所選擇的主題和素材，深入瞭解故事的歷史、政治和文化背景。劇場導演的目標不應該僅僅是做一齣「好看」的戲，他應該要能通過這個作品真正去啟發和影響觀眾，讓劇場可以真正成為社會的一面鏡子，導演，就是在表演藝術中革命的人。

訪談者（畫外音）**：**最後，想請您預測看看二十年後劇場會如何發展？

范一諾：我沒有辦法預測二十年後的劇場，

但我可以試圖預測二十年後的我，

哇嗚

還是這其實是同一件事情？

（宣傳影片不斷重複輪播，一如所有進劇場看戲的情境，直到在場外等待

中場休息結束的觀眾感官麻木，再度被這些話滲透。）

那個缺席的人，
就像一把刀插在舞池正中央，
大家都知道它的存在。

第八場：花園

（觀眾進場。黑暗的排練場不再，現在是綠意盎然的「小山房」，有白色窗簾在飄。一張木頭大桌子、幾張椅子、一架鋼琴，還有一個種滿植物的天台。）

（愷愷出場，他溜著直排輪，一圈又一圈。）

（淑芬出場，她匆忙地收拾著上半場撒落的那些白紙。）

淑芬：愷愷，不要再溜了，幫淑芬老師撿一下東西，再過一個小時工作坊就要上課了，姐姐她們等一下就要來囉，家裡還這樣亂七八糟的……愷愷！

愷愷：好啦！再一下下就好……

淑芬：再一下再一下，每次都說再一下……哎呦你不要再溜了，我頭很暈。

（淑芬唸個不停，有點喘不過氣，停下來。愷愷溜到淑芬面前，也停下來。）

愷愷：吸氣——吐氣——深呼吸——

（淑芬笑了，跟著兒子照做。）

愷愷：妳又吸不到空氣了嗎？

淑芬：我沒有。

愷愷：不要緊張。妳現在已經是老師了嗎？

淑芬：還沒，我現在比較像清潔工人。但是對，我要變身了。啊，愷愷，你幫媽媽跟露露姐姐她們去買飲料好不好？媽媽記得準備吃的就忘了喝的。五杯招牌紅茶，看你想要喝什麼，你自己也可以買一杯。

愷愷：六杯招牌紅茶。

淑芬：（笑）好。

（淑芬把錢包拿給愷愷。）

愷愷：可以去山下那一家嗎？

淑芬：山下那家很遠耶。

愷愷：可是比較好喝。

淑芬：你慢吞吞確定來得及？

愷愷：妳才慢吞吞吧。

淑芬：還是媽媽叫外送？我現在要去打電話叫那個外送APP……

愷愷：不要！我去買！我從後門去比較快！

淑芬：好啦，去，很重耶，到時候你就不要哀哀叫。

愷愷：（做鬼臉）ㄌㄩせ～

淑芬：還ㄌㄩせ咧，跟誰學的……

（愷愷往後門去，在門口坐下，開始脫他的直排輪。）

（淑芬撿完白紙，收成一疊放在桌上，又匆忙下場。）

（予棠從後門經過，她穿著寬鬆，戴著帽子和墨鏡。）

予棠：弟弟，不好意思，請問你知道小山房在哪裡嗎？

愷愷：這裡就是。

予棠：這裡就是小山房？

愷愷：對啊。

予棠：太好了，我找了好久。

愷愷：妳也是要來上課的嗎？

予棠：嗯，對啊。

愷愷：如果是要上課的話，三點才會開始。

予棠：（看錶）噢，好，謝謝。

愷愷：不過要做蠟燭的話，現在就可以進去了。

予棠：蠟燭？

愷愷：夢醒淑芬蠟燭。

予棠：時分。

愷愷：不是淑芬嗎？

予棠：夢—醒—時—分，你再唸一次。

愷愷：夢醒時分。

予棠：對，聰明。那我從這裡進去可以嗎？

愷愷：不行，要走前門。

予棠：前門在？

愷愷：（指）這樣子繞過去就可以了。

予棠：謝謝。

愷愷：那我要去買紅茶了。

予棠：什麼？

愷愷：（一溜煙跑不見）紅茶！

予棠：（看著愷愷背影）那你慢走。

（予棠在後門駐足了一會兒，東張西望，猶豫。下場。）

（場上全空。淑芬換好圍裙，拿著菜籃，復進。）

（風鈴聲。佳惠進門。）

佳惠：淑芬老師！

淑芬：佳惠，怎麼這麼早來？不好意思我還在收拾……妳先隨便坐。

佳惠：沒關係沒關係，老師妳慢慢來。

淑芬：啊，露露剛剛有傳訊息說她會晚一點到，我們今天可能會晚一點開始喔。

佳惠：我知道我知道，那我先去天台看一下我的薄荷！

淑芬：好！

（佳惠放好包包，往天台去。）

（淑芬繼續忙進忙出的。）

（予棠出現在前門外。）

（怡君和小薇也出現在前門外。予棠立刻顯現一副只是路過看看的樣子，躲開。）

（風鈴聲。怡君和小薇進門。）

怡君：老師！

小薇：老師好！

淑芬：嗨！怡君、小薇！妳們兩個怎麼也這麼早來啊？

怡君、小薇：我們有先約好，要一起……看「我們」的植物。（害羞地跑掉）

淑芬：怎麼這麼棒！那妳們先去找佳惠，需要什麼工具旁邊自己拿！

（淑芬繼續準備蠟燭工具。）

（風鈴聲。）

淑芬：（背對前門）咦，露露妳不是傳訊息說妳會晚一點到嗎？怎麼這麼快？

予棠：（頓）不好意思，請問這裡是「小山房」嗎？

淑芬：（轉身）噢不好意思，我剛剛以為妳是我們的學員啦，請問妳是……？

予棠：靜芳？

（兩人愣住。予棠脫下墨鏡。）

佳惠：（喊）淑芬老師！我薄荷葉快死掉了啦，怎麼辦？

淑芬：好，我看一下我看一下。

怡君：（喊）淑芬老師！我的也怪怪的耶，澆太多水了？

淑芬：我看我看。

佳惠：（打量予棠）淑芬老師！

淑芬：啊？

佳惠：有新同學喔？

淑芬：對……（對予棠）不好意思，我等一下幫妳介紹？

怡君：欸佳惠姐，不是只有妳的薄荷好不好？我的百里香問題也超大。

小薇：不會啊，我覺得我的迷迭香就種得滿好的。

怡君：不是啊，迷迭香是不是本來就很好照顧？

小薇：……誰叫妳要種那麼難的。

佳惠：好啦好啦……反正，露露種的那個是什麼啊？

小薇：右手⋯⋯

怡君：左手香。

佳惠：對啦！左手香左手香，露露最誇張，長滿整個花園呢！

淑芬：好好好，妳們先坐一下，我先帶新同學參觀，等露露來我們就開始⋯⋯然後愷愷去山下買紅茶了，等一下有紅茶可以喝。

怡君、小薇、佳惠：謝謝老師。

淑芬：不會不會⋯⋯當自己家。（對予棠）那，這邊請。

（淑芬示意請予棠往天台走。）

佳惠：（攔住予棠）紅茶很好喝喔。

予棠：（尷尬）⋯⋯好，謝謝。

（接下來淑芬和予棠對話的時候，學員們去穿圍裙，開始做夢醒淑芬蠟燭。）

予棠：不好意思，我好像來得不是時候，妳們等一下是不是有課程？

淑芬：沒關係，完全不用介意。請問……妳是怎麼知道這裡的呢？

予棠：妳說小山房？

淑芬：噢，對啊。

予棠：這邊在網路上很有名啊。

淑芬：很有名？

予棠：嗯，也不能說有名，總之就是評價很好。

淑芬：真的啊，不曉得，我自己都沒在看。（頓）其實也沒什麼特別的，就像妳看到的這樣，一棟老房子，一樓是公共空間，上面這邊是座小花園，我自己住在更裡面。這裡主要是在陪伴有性創傷的女性，幫助她們重新找回生活的動力。妳看，這邊都是她們認養的植物，我說，我先保管，等她們準備好畢業了，就可以把植物帶走，帶到新的地方，好好照顧。（拿起一盆盆栽）感受到另一個生命和自己有所牽絆，是很大的力量。

（予棠看著淑芬。）

佳惠：淑芬老師！那個精油是要滴幾滴？

淑芬：喔，妳們那個一杯要滴七十滴。

佳惠：七十？

淑芬：對啊，一鍋要滴兩百一十滴。

佳惠：怎麼那麼多！

淑芬：因為三七二十一啊……要等鍋子冷了之後再滴喔。知道了嗎？

佳惠：好好好。

（溫度變化。三名學員開始專注地滴著眼前的精油，等待著，一滴又一滴。）

淑芬：（對予棠）不好意思，我們這邊也有在做很多手作。所以呢？妳怎麼會找到這個地方？

予棠：不好意思，我有點累，可以坐下來嗎？

淑芬：當然當然……

（予棠找了一張凳子坐下。）

予棠：我要當媽媽了。

淑芬：真的嗎？恭喜！

予棠：都這個年紀了，可能不是很容易，但是緣分來了，我就把握看看。

淑芬：是啊，當然。

予棠：其實我跟我先生也是努力了好多年啦，沒想到生一個小孩是這麼困難的一件事情……妳結婚了嗎？

（淑芬停頓了一下。）

予棠：不好意思我不是那個意思，現在結不結婚也沒有什麼嘛。

（兩人安靜片刻。）

予棠：（吐一口氣）天啊，時間過得好快，我都四十了。我記得妳小我四歲？

（淑芬點點頭。）

予棠：我沒有認錯人，對吧？

（淑芬笑，點點頭。）

淑芬：妳還在劇場工作嗎？

予棠：一半一半吧，後來我做比較多藝術行政的工作，嗯，我是說演完那齣戲之後。

淑芬：這樣啊。

（淑芬去澆花。）

予棠：對啊，畢竟還有多少人在做劇場呢？那天我們班開同學會，算一算幾乎沒幾個了，我大概還算有沾一點邊，其他同學說我是 survivor，但我覺得早就離開的他們才是吧。妳也是啊。妳改名字了？

淑芬：妳今天應該不是要來跟我敘舊的吧？

予棠：怎麼會？我根本不知道這是妳的工作室。後來根本就沒有人找得到妳。

淑芬：我沒有消失啊，我一直都在這裡，我只是離開劇場而已。妳先自己隨便看一下，我去看一下我的學生。（**轉身要走**）

予棠：其實我看了很多年，今天是我第一次鼓起勇氣來到這裡。

（淑芬止步。）

予棠：一直到今年我確定肚子裡有了一個孩子，我才覺得不能再逃避下去了。

淑芬：什麼意思？

予棠：沒有，就，我有一個朋友，可能有遇到類似這樣的事情，可是那個時候我沒有幫她，我一直覺得有點耿耿於懷。（摸肚子）可是現在我肚子裡有個孩子，雖然我還不知道是男生還是女生，但有的時候我會祈禱，希望不要是女兒，因為當女生真的是太辛苦了。

（沉默片刻。）

予棠：靜芳，妳知道那齣戲後來怎麼了嗎？

（此時，佳惠化作靜影、小薇化作宛綺、怡君化作靜芳，開始一邊輕輕地跳著海鷗之舞。）

（淑芬看著她們跳舞，予棠其實也在看著，但是對話中的兩人不知道彼此都正注視著回憶。）

淑芬：不知道，跟我也沒有關係了。

予棠：也是，其實不管怎麼樣都沒差吧，就算都沒有人可以演，他也還是可以自己一個人上台演完契訶夫所有的劇本，演員只是在執行導演的意志。可是喬喬不一樣，她撐過來了，他們甚至後來還去巡演，我好佩服她。

淑芬：總是有人有辦法撐到最後。妳不是也是嗎？

予棠：沒有，那都多少年前的事情了，我現在已經不當演員了。

淑芬：喬喬……現在想起來，她那個時候年紀好小，每天都那麼可愛。

予棠：妳那個時候也是啊。

淑芬：都過去了。

予棠：真的，妳變得好不一樣。（頓）我不是說外表什麼的，我是說，氣質。妳整個人的感覺，妳變得比較……

淑芬：可是妳剛剛還是一進門就認出來了。

予棠：也對喔。我呢？我變很多嗎？

淑芬：（搖搖頭）妳一點也沒變。

予棠：心蕾老師也沒什麼變喔，她還是維持得好好的，舞者身材。

（露露從後門現身，抽菸。像是雖然已經遲到了，但還是需要先喘口氣，才能面對大家。她一邊自在地練著街舞的舞步。）

淑芬：可是她還跳嗎？

予棠：不跳了，心蕾也是可惜了，想當初演了他回台灣第一個作品，兩個人，那麼被看好，結果呢？後來都專心在當大師背後的女人，幫他打理這個打理那個的。排練場是媽媽的，人脈是女朋友的，喬喬也是心蕾找來的啊，好啦但他是真的有才華啦。

淑芬：可惜嗎？

予棠：嗯？

淑芬：不上台也沒有比較不好啊。說不定心蕾老師，（笑）比較喜歡當老師？

（舞台上開始刻意依次打出樹影以及一道道窗櫺格線的燈光效果。）

予棠：動動身體的時候是還滿快樂的。

淑芬：讀《海鷗》劇本的時候也是。

予棠：我們那個時候還有學手語！妳還記得怎麼打嗎？

淑芬：早就忘了。

予棠：我還記得妳那句台詞，「如果我的生命對你有任何用處——」

予棠／淑芬：（兩人同聲，一邊做出記憶中僅存的手語動作）「就拿去吧！」

淑芬：我記得那是我看的第一個經典文本。契訶夫好美。

予棠：是啊，還有《櫻桃園》也好美。

淑芬：《櫻桃園》？

予棠：做片段練習的時候最好玩了，可惜《海鷗》跟《櫻桃園》都只挑一點點片段，回到主戲的時候就沒辦法玩得那麼愉快了。

淑芬：主戲？

予棠：《凡尼亞舅舅》啊，妳是索妮亞，我是伊蓮娜，後來我們還交換演，妳記得嗎？

淑芬：我們不是在排《海鷗》嗎？

予棠：對啊我們有排啊，可是我們不只排那個吧？我們還排很多經典文本啊，那個時候不是很流行嗎？把它拆解啊、拼貼啊——妳記得吧？

淑芬：不只是排《海鷗》嗎？

予棠：嗯，妳還記得那個台詞嗎？

（燈光音樂漸收，做蠟燭的學員們舞蹈動作也漸收。）

（露露消失了蹤影，她從後門繞去前門。）

予棠：（澎湃，背誦出《凡尼亞舅舅》最後一幕索妮亞安慰舅舅的話）凡尼亞舅舅！我們要活下去。來日方長，我們會度過無盡的日子和漫漫長夜，我們依然要為別人不辭辛勞地埋首工作，當大限來臨我們會在另一個世界說，我們受過苦，我們流過淚，我們傷過心，神會垂憐我們，我們會興高采烈帶著感動和微笑回頭看我們現在的不幸——然後我們終將得以安息！我相信，舅舅，我熱切地相信！

（燈光音樂回到現實。）

予棠：（突然放鬆，發覺自己太激動了）天啊，有沒有搞錯？我居然到現在還記得一清二楚。不過這些台詞現在聽起來怎麼這麼自虐啊。（笑）

淑芬：所以妳剛剛說，妳有朋友發生類似的事情，妳是想帶她來這裡嗎？

予棠：對，我就是這麼想的，我想說我自己先過來瞭解看看，結果沒想到遇到妳，真好。不管怎麼樣，看到妳現在一切都好，就好，妳做的這份工作很有意義。

淑芬：至少我幫助的是活生生的人，不是角色，不是虛幻的戲劇……我的意思是說，當然學過戲劇還是很有用的，我不知道，角色分析嗎？如果我是一個角色的話，我會希望我永遠都沒有出生，不過有的時候我又慶幸，正是因為我經歷了這一切，才造就了一個這樣的我。妳懂我的意思嗎？

予棠：當然可以。我一直告訴自己，要向前看，回顧過去都只是在浪費時間，可是我今天有點改觀了，至少像這樣跟老朋友聊一聊，我覺得很多事情變得好新鮮。

淑芬：不把過去的事理清楚，是沒有辦法往前的。這就是小山房存在的目的。

（她們對彼此微笑著。）

（風鈴聲。）

佳惠：（打破這份寧靜）淑芬老師，露露來囉！

露露：（遠遠地）老師對不起我遲到了！

淑芬：（對外）好，我馬上過去。（對予棠）我們等一下有一場工作坊，其實也不是什麼非常正式的，就是一個讀書會，不過有看書或沒有看書都沒關係，重要的是彼此的陪伴和分享。那……予棠，妳會想要留下來參與嗎？妳可以先感受一下這裡的氣氛，之後再看要不要帶妳的朋友過來。

予棠：好啊，謝謝——淑芬老師？（笑）妳先忙。

（淑芬笑了，她往學員那邊移動。予棠繼續留在小花園，看著那些植物們。）

淑芬：噢對了，如果妳要留下來，我等一下會跟大家介紹妳是，美玲。

予棠：美玲？

淑芬：可以嗎？美玲？還是妳想自己取一個也可以。

予棠：（笑）美玲就好。美玲很好。

第九場：讀書會

（夢醒淑芬蠟燭製程：煮，倒，黏燭芯，滴精油，放礦石。）

（學員們收拾好蠟燭用具。淑芬將桌上那疊白紙發給大家。）

淑芬：很開心大家今天來參加讀書會，老師先起個頭，分享一段話給大家聽，「心理創傷的核心經驗是權能喪失和失去連結。因此，復原的基礎在於對倖存者進行賦權增能和創造新連結。」我想這就是為什麼老師想創立小山房的原因，讓大家有一個空間能夠彼此連結，也是重新和自己產生連結，意識到我們每個人都是有能動性的。好，大家這個禮拜有在書本裡找到什麼嗎？有誰想先分享？

露露：我最晚到！那我先來！老師我這禮拜沒看書，但我在網路上有看到一段話，（拿出手機）「強暴是私人生活領域中最重大的惡行。研究者了解得更深入後，發現暴力與親密關係糾纏不清。因此焦點逐步轉向熟人強暴、約會強暴和婚姻中的強暴。」其實在發生事情以前，我也一直以為強暴就是一些陌生人、歹徒、看不清楚長相的黑衣人才會做的事，沒想過這個形象會有一張臉，而且這張臉很可能是妳最熟悉、最相信的人，可能是妳的家人、妳的朋友，甚至是妳的老師⋯⋯

（在露露分享時，予棠走下天台，靠近大家。淑芬注意到予棠在一旁聆聽。）

淑芬：對了大家，今天會有一位新同學加入我們，我們歡迎美玲。

（大家歡迎予棠的加入。）

予棠：大家好，不好意思我什麼都沒準備就來了，我今天就先好好當旁聽生。

淑芬：完全沒問題，請坐。好，那下一位？小薇？

小薇：那我想分享一首詩，我覺得很像小山房這邊的感覺，

「今天
在我渺小的身軀中
我靜坐著並且得知
我的女人身軀
就像妳們的一樣
是任何街道上的目標
將我擄走
才十二歲……
我先看到有個女人敢說
我也敢去聽一個女人說
我們才敢勇於發出自己的聲音」

看到這段話的時候，我也有點想到最近的 #MeToo 運動，但是網路真的是一個安全的環境嗎？

（大家互相點點頭，表示理解。）

怡君：（接下去說）我之前有跟大家說我很常會做惡夢，雖然我睡醒之後就什麼都不記得了，但害怕的感覺會一直留在我心裡面，很難用言語形容，然後我就剛好看到了我今天想要跟大家分享的這段話，然後我覺得我完全被說中了，我有想過如果我可以把這段話刺在身上，這樣以後我遇到其他人就不用跟他們再解釋一遍。（一口氣說完，吸氣後）那比較抱歉這段話比較長我唸一下——

（風鈴聲。）

（讀書會進行到一半，愷愷提著一袋紅茶走進來，他到媽媽身旁待了一陣子，淑芬發現愷愷站在一邊，請他先把紅茶拿去旁邊的小櫃子上放好。在下面這段怡君的話當中，愷愷以一種盡量保持小聲不打斷大家的貼心方式，開始把紅茶從袋子裡一杯一杯拿出來擺好。予棠一直看著愷愷，甚至起身。）

怡君：「就算早已事過境遷，受創者還是會不斷在腦海中重新經歷創傷事件，宛如發生在此時此刻。創痛如此反覆侵襲，使他們很難重返原先的生活軌道。創傷事件轉錄成一段變調回憶，強行植入受創者的意識中。醒著的時候，受創片段在腦海中一幕幕閃現；睡覺時，則成為揮之不去的夢魘。就連一件看似不怎麼相關的小事，也可能勾動這些記憶，逼真程度與強烈感受一如事發當時。因此再平常、再安全的環境，對受創者而言都充滿危機，因為誰也無法確保他的傷痛記憶不會被喚起。」

淑芬：這個概念真的非常重要，老師也一直在想可以怎麼讓更多人瞭解所謂的創傷後壓力症候群。愷愷回來了，不過我們等一下休息時間再喝紅茶。

學員：謝謝愷愷。

（愷愷把錢包還給媽媽。）

愷愷：淑芬老師，妳少算新同學！還好今天有多送一杯，不然我就沒得喝了。

淑芬：這麼好啊。你怎麼知道有新同學？

予棠：我們剛剛有見過。

淑芬：愷愷，這位是美玲阿姨。

愷愷：美玲阿姨好。

予棠：你好。

露露：愷愷你怎麼也叫你媽媽淑芬老師啦！

淑芬：我們最近在玩角色扮演。（對愷愷）你自己的紅茶咧？

愷愷：上山的路上就喝掉啦！

淑芬：喝掉啦？那你今天也可以幫我們做紀錄嗎？

（淑芬把自己的手機遞給愷愷，愷愷接過。）

愷愷：好！

淑芬：你最棒了！

（予棠的臉色愈來愈蒼白。）

淑芬：不好意思打斷了，那接下來換……佳惠？

（愷愷拿著手機走到佳惠對面，他看著螢幕抓了一個角度，再將手機對準佳惠，準備拍攝。）

佳惠：我帶的是電子書啦，我有特別畫線的是這段……（看愷愷）可以了嗎？

愷愷：（大聲）Action!

佳惠：（意識到鏡頭再講一遍）我帶的是電子書，我有特別畫線的是這一段，但我其實沒有看得很懂啦，「破壞性的力量會一再闖入治療師和患者的關係，過去以為是患者先天具有侵略性，現在則認為可能是來自不在場的加害者。當患者和治療師面談時，好像有第三者在場似地，那個影子就是施虐者，令人毛骨悚然。」有時候我也會發現，當我重新去講那些經歷的時候，好像那個人還有那些事情就會一再一再地出現，唉我真的也不知道這樣做到底是好還是不好……

（一諾的黑影進，角度和第二場他第一次出現時一模一樣。他剛好出現在正在拍攝佳惠的愷愷後方，在予棠眼中，一諾和愷愷共同形成一個畫面。只有予棠看得見一諾，因為是她召喚出他的。）

（恐怖的音樂，卻又有種神聖的氣氛。）

（以下每個學員的發言愈來愈破碎，變得簡單且更為正向，只重複幾個固定的詞句，勉勵彼此，但一諾的黑影卻在整個過程中不斷對讀書會的這些女子分別施以暴行，大家卻都看不見也感覺不到地繼續開著會。一諾繞著桌子，對這張桌子所形成的結界安全網愈來愈具侵入性，對每個人的動作也愈來愈暴力，但全場除了予棠卻彷彿渾然不覺。予棠只能像被釘在牆上般眼巴巴地看著一諾的一舉一動。）

淑芬：其實大家來到這裡，然後一起把這些事情說出來，都比逃避在家裡面，然後只是自己哭，要來得有效很多，也幫助很大，同時間也幫助到了更多的人。好，那現在想要請大家再多分享一下，這禮拜有哪一句話，是讓妳覺得，很有用的呢？

小薇：我覺得就是，真的要忘記，那些真的讓人很不舒服的經驗，這樣才能讓這件事情真的過去。

佳惠：我覺得我被摧毀了，但是我會重建起來。

露露：事情發生過後，雖然現實會突然有一點顛倒，因為情況很矛盾，不過我相信，只要身邊的人好好陪伴，時間一定可以沖淡一切。

怡君：嗯，發生這件事情之後，可能會有想哭、憤怒、擔心、吃不下東西之類的事情繼續發生，但都是沒有關係的，我懂這種感覺非常難熬，但本來就沒有任何人可以讓痛苦憑空消失啊，對吧？

小薇：說的很好。

淑芬：所以啊，我們真的要原諒，要放下，最後也要痊癒，當然這些事情一定都是要由我們自己來決定，這真的非常的重要。好，那大家有沒有可能再分享一下，就是陸陸續續一定會有更多新的朋友過來，如果她一開始不願意開口的話，大家有沒有什麼方法呢？

露露：我們要積極拉著她們去面對，重新幫她們建立安全感。

佳惠：是是是，安全感真的很重要。

怡君：我可以跟她們說，我可以陪妳一起哭，而且如果有需要的話，我也會去找其他人幫忙，所以妳們真的不用擔心這樣做，真的不用擔心這樣做。

佳惠：就是要讓她覺得，她不是孤單的。

小薇：對，大家在一起的力量真的很好，而且我真的很喜歡我們一起發展出來的那個方法，只要說出一個心裡面不舒服的事情，就可以種一個植物。

怡君：我也很喜歡！

小薇：正能量。真的很棒。

佳惠：回頭一看，全部都是花的時候。

小薇：很有希望的感覺。

露露：在最痛苦的當下，大家一定要想辦法鼓勵她，讓她慢慢慢慢，至少一定要說出那個事件的當下到底發生了什麼事情。

淑芬：愈是不說，那個東西就會積在心裡面愈久。這個東西，真的太危險了。傷口爛掉的地方，一定要被清出來。

（所有學員一邊像子彈般快速地丟出自己的想法，一邊被一諾摔得橫屍遍野。一諾貼近淑芬，向她邀一支舞，兩人慢舞，一諾的動作愈來愈具侵犯性，淑芬也沒有反抗。愷愷在一旁拍攝這個畫面。予棠崩潰。）

予棠：停下來……停下來……停下來！

淑芬：怎麼了？美玲？還好嗎？

予棠：停——！

（燈光音樂變化。眾人緩緩起身。）

淑芬：沒事了沒事了。大家，我跟美玲再說一下話，那我們今天就先到這邊，有什麼事情我們回去群組再討論。

學員：好，沒問題，再約，老師再見喔，愷愷再見，大家掰掰！

愷愷：掰掰，可是紅茶……

淑芬：大家要記得拿紅茶喔。

學員：好，謝謝喔，我們先走。

露露：我也要，幫我拿。

淑芬：再見再見。大家小心回家，注意安全。我們群組再約！

學員：老師謝謝，愷愷掰掰。

（淑芬和愷愷送客至前門。眾學員離開。）

愷愷：（遞手機給淑芬）報告老師，剛剛的錄影在這裡。

淑芬：好，謝謝。有沒有怕怕？

愷愷：沒有。

淑芬：那媽媽親一個。

愷愷：不要！校園性侵害！（跑開）

（愷愷跑去彈鋼琴。）

（一諾的黑影還在，他與愷愷四手聯彈。他們敲著一顆顆單音，旋律令人想起那個黑暗的排練場。）

予棠：他是……？

淑芬：愷愷，我兒子。

予棠：他多大了？

淑芬：要上小學六年級了。

予棠：是我想的那樣？

（淑芬不語。）

予棠：妳為什麼要這麼做？

（淑芬不語。）

予棠：有人知道嗎？

（淑芬不語。）

予棠：妳怎麼可以這麼不負責任……

淑芬：怎樣才叫負責任？

予棠：妳到底在想什麼？妳明知道這個小孩他一出生就註定沒有——

淑芬：妳確定要當著小孩面前這樣講？

予棠：如果是我，我絕對不會讓我的小孩生長在一個破碎的家庭。

（淑芬快步走向鋼琴。）

淑芬：愷愷，來，你先進房間。

（愷愷停止彈奏，他看看兩個大人，然後下場。）

（一諾的黑影坐在鋼琴椅上，他饒有興致地環顧著這個空間，像他還在導戲，她們的戲。）

予棠：妳在贖罪嗎？妳在證明妳可以教養出一個聖人嗎？妳知道他跟他媽媽的那些傳言有可能根本不是真的嗎？什麼藝術家坎坷的童年？那些都只是神話——

淑芬：我知道啊，藝術圈就是需要這種神話。

（一諾的黑影緩步走著，他就是那個神話。）

予棠：我本來以為一走了之的人會有多輕鬆，可是，可是妳為什麼，還有⋯⋯妳知不知道我們後來有多辛苦？

（淑芬倒給予棠一杯水。）

淑芬：妳知道喬喬的事嗎？

予棠：什麼事？不管怎麼樣她都撐過去了，她成功了，這有很重要嗎？

淑芬：重要。就像妳什麼時候知道我的事的？

予棠：我從頭到尾都不知道。

淑芬：在我這裡，妳可以不用演戲。

予棠：（瞪大雙眼）我真的不知道我今天為什麼要來這邊。（開始收拾包包）

淑芬：對不起，我不是那個意思……

予棠：（止步，環視小山房）所以妳後來退出有需要賠償劇團損失嗎？還是他有給妳封口費？還是贍養費？

淑芬：妳是不是瘋啦？

予棠：不然妳一個人怎麼可能同時打造出這個地方，同時又——？

淑芬：同時又怎麼樣？

予棠：同時又經營一個家！怎麼可能嘛？

淑芬：我想我可能要請妳離開了——

予棠：妳憑什麼繼續說這些——妳還開班授課？妳不要忘了妳是被——還有妳那個小孩是——

淑芬：不准說！

予棠：妳怕什麼？妳現在不是一個老師了嗎？

淑芬：我想我真的要請妳離開了——

予棠：妳只要告訴我一件事就好，妳錢從哪裡來？當年妳連住的地方都沒有，妳住在排練場裡面。

淑芬：我跟心蕾老師還有聯絡，有的時候，我們會……

予棠：原來如此。好了，妳不要再說了，我要吐了。

（予棠揹包包起身離開。）

淑芬：心蕾大妳四歲，妳大我四歲，我又大喬喬四歲，這十二年來我每天都在想，為什麼我沒有保護好喬喬？妳和心蕾老師為什麼沒有保護好我們？可是開了小山房以後我反覆地說了又說，我跟自己對話，跟別人對話，我才發現我根本問錯問題了，是為什麼那個人可以這樣傷害我們？現在的我還能夠做什麼？可是那都是我之前的想法了，我現在知道了，這是更大的，體制上面的，結構上面的問題啊……

（予棠在自己的狀態裡，淑芬也無法再講下去。兩人沉默許久，她們倆都需要更多時間來思考這十二年來到底跳過了什麼，而此時此刻又拼接上了什麼？）

予棠：「棠棠」。

淑芬：什麼？

予棠：（哽咽）棠棠啊，就那麼一次。「排練場就是我們的家。」

淑芬：妳到底在說什麼？

予棠：妳應該知道我在說什麼吧？

淑芬：可是，怎麼可能？

予棠：怎麼不可能？就因為我不是妳？我不是芳芳？不是喬喬？

淑芬：怎麼發生的？

予棠：妳跑掉以後，一直到最後一場演出前，我在妳那張沙發上，坐了很久。

妳不要問我為什麼。

淑芬：為什麼？

予棠：看到喬喬的樣子，我開始懷疑自己會不會只是一個消耗品。

淑芬：消耗品？我才是吧，怎麼會輪到妳？

予棠：我想，是那時候我很需要一個證明。

淑芬：證明什麼？

予棠：證明我是可以被愛的、我是可以被渴望的、我做得到。

淑芬：做得到什麼？

予棠：阿爾卡吉娜，一個偉大的女演員。

淑芬：什麼是偉大的女演員？在某些人眼中那不過就是賣弄風騷而已。

予棠：妳是這樣想的嗎？

淑芬：「妳不覺得很美嗎？」——他只在乎美不美。可是手語是某些人真正的語言，是某些人生命中的一部分，卻被他拿來當作一種符號，這算什麼藝術？我那個時候年紀太小了我不懂，但我現在覺得很羞恥。然後那個戲還一演再演！

予棠：妳不是說跟妳都沒有關係了嗎？

淑芬：他曾經說，他不相信語言，他只相信行動。錯，我們為什麼要掉進這個二分法的陷阱裡面？我們應該要把他的語言跟他的行動放在一起分析，這就是姦，這就是殺。

予棠：那我要怎麼分析我自己？我沒有動，我也沒有逃，我甚至後來還當了他跟羅心蕾好幾檔節目的製作人。

淑芬：我們有四個人，難道我們不是占大多數嗎？為什麼最後贏的不是我們？

予棠：什麼贏還是不贏？這是一場戰鬥嗎？而且在妳的想像中，女生就一定會站在同一邊？就跟妳那群學生一樣？我真的不知道耶，都這麼多年過去了，妳怎麼還是跟以前一樣天真啊？

淑芬：不，我是知道了，再怎麼樣黑暗的戲劇也沒有人生來得黑暗了。所以我的目標是，我至少要住在一個四周開窗、光線充足、空氣流通的地方，那絕對不是劇場。

（沉默。只聽見兩人的啜泣聲。）

予棠：（盡力平復下來）妳知道最近有人在搞連署嗎？終於有人要揭發他了。既然心蕾跟妳還有聯絡，那我想妳應該也知道這件事吧。妳會簽名嗎？淑芬老師？

（淑芬沉默。予棠準備要走。）

予棠：妳剛剛不是跟我說什麼，妳要搞清楚過去發生的事情才有辦法往前嗎？

淑芬：不是那樣的……這種事情需要時間，妳需要時間……不是這樣子的。

予棠：我是看到小山房轉貼的一篇文章才下定決心來的，那篇文章說，「轉變後的創傷敘事，可以是全新的故事，其中不再有羞愧和屈辱，而是有尊嚴和美德。」妳看我還是像過去一樣我什麼都背得起來！尊嚴和美德？要怎麼樣才能擁有？芳芳，我不知道，對不起，我真的不知道。拜託，妳就當我今天沒有來過這裡吧，保重。（**離場**）

第十場：廚房與餐桌

（風鈴聲。予棠離開，露露剛好跟她錯身進來。淑芬沒有發現她。）

露露：（探頭探腦）老師……

淑芬：（趕緊收拾情緒）露露？妳還在？怎麼還不回家？

露露：我就錯過一班下山的公車，下一班還要再等一個小時。我可以進來嗎？

淑芬：可以啊，妳進來，不要在外面吹風。（偷偷擦乾眼淚）我等一下要煮飯了，妳要留下來和我跟愷愷一起吃飯嗎？

露露：（滑手機）不用，我等一下還要去街舞教室。

淑芬：街舞教室？妳又回去那邊上課了？已經沒問題了嗎？

露露：對啊。

淑芬：那妳的合約呢？
露露：那個有在處理啦，放心我沒有吃虧。
淑芬：喔，好。那我真的要開始煮飯囉。真的不用做妳的？不麻煩。
露露：不用啦！
淑芬：好。
（安靜。淑芬開始做晚餐。按下電鍋。）
（以下淑芬忙進忙出走來走去，露露一直向著淑芬，看起來像淑芬在逃避。）
露露：（放下手機，看淑芬做飯）老師，妳以前是演員喔？妳怎麼都沒跟我們說？
淑芬：（頓，備料）因為不是什麼重要的事情啊。

露露：是會上電視的那種嗎？還是拍電影？

淑芬：都不是耶，（遞給露露抹布）是劇場。

露露：劇場？（開始擦桌子）舞台劇那種？

淑芬：對啊。

露露：那我有看過一次。

淑芬：真的啊。

露露：嗯啊，學校有放。

淑芬：有放？

露露：對啊，表藝課老師有放影片給我們看，什麼貓的。（還抹布）

淑芬：那恐怕不算喔，舞台劇就是要看現場的嘛。

露露：是喔。老師，剛剛那個美玲，她是妳朋友？她也是演舞台劇的？

淑芬：（切菜）對，我們以前是朋友。

露露：妳們發生什麼事了啊？

淑芬：我們以前一起參加一個舞台劇的演出，然後發生一些糾紛，後來老師就離開啦。

露露：哦，是因為這樣老師才轉行的？

淑芬：可以這麼說吧。

露露：那合約呢？沒有簽約嗎？如果發生糾紛，對方不是要付違約金？（偷吃小黃瓜）

淑芬：我們那個時候沒有在簽合約的。（把小黃瓜裝盤）

露露：居然欸！真的假的？我還以為老師妳超注重這個的。我們那時候進小山房不是每個人都簽一堆東西？

淑芬：那我們做人是不是要跟著時代進步？妳不知道做人很累耶。妳那小黃瓜要不要加鹽？

露露：要。

淑芬：那妳自己來拿。

露露：（跑去拿鹽罐）那對方有賠償嗎？

淑芬：不要說賠償了，老師連工作費都沒有拿到好嗎？

露露：妳真的是我認識的淑芬老師嗎？（撒鹽）妳沒有截圖、錄音、蒐證？

淑芬：我們那時候連 iPhone 都還沒有好嗎？

露露：是噢。

淑芬：（鋪餐墊）好，我已經有下載妳說的那個外送APP了。

露露：啊——（伸個懶腰，繼續玩手機）那這樣也沒辦法了。

淑芬：什麼意思？

露露：老師妳不是一直告訴我們要保護好自己？

淑芬：（開始煎蛋）對，老師沒有保護好自己。

露露：那演戲好玩嗎？

淑芬：好玩啊，可是老師沒有那麼喜歡。

露露：為什麼？是不是因為妳沒當主角？

淑芬：（笑）因為演戲不真實。永遠有比較重要的主角跟比較不重要的配角。

露露：這個我知道啊。

淑芬：但人生也是嗎？不重要的人也還是活著啊。

（露露不知如何回答，晃去看其他學員稍早裝飾的蠟燭。）

淑芬：但是其實戲劇又好真實喔，太真實了，因為真的就是有些人的人生比較不重要，可以被踩在腳下踐踏，只為了成就主角的光環。

露露：老師，我不懂什麼戲劇啦，可是妳不是說過，每個人都是自己的主角。

淑芬：我有說過那樣子的話嗎？

露露：有啊。還是老師妳下次也跟我們說妳的故事？妳好像從來沒有講過耶。

淑芬：好啊，有機會的話。

露露：（起身）好了，我要回公車站牌那邊了，不然錯過又要再等一個小時。

淑芬：妳真的要去那裡？已經都沒有問題了嗎？

露露：對啊，我想通了，反正呢——（突然一個華麗的舞步）我就是愛跳舞。幹嘛因為別人的錯不去跳？那不是更虧？

淑芬：嗯，妳說的對。

露露：啊對了老師，因為我今天遲到，然後妳又有朋友來，這樣時間其實只算一半，錢也可以算一半？（撒嬌地）啊還有剛剛那個是聊天嘛，不算？

淑芬：（哭笑不得）好。

露露：謝謝老師！妳要好好保護好自己喔！Ciao~（踩著輕盈腳步走遠）

（風鈴聲。淑芬不動。）

（在逃避的動態中，淑芬煎好兩顆蛋，切一盤小黃瓜，熱一鍋咖哩飯。）

第十一場：鬼屋

淑芬：愷愷！吃飯囉！

（愷愷從房間跑出來。一諾的黑影尾隨著他。）

淑芬：來，你要吃多少飯自己盛，小心燙喔。

（母子還在張羅著碗盤。一諾的黑影就先坐了下來，像一家之主。）

（良久。終於都坐定。愷愷和一諾的影子坐在同一張椅子上，像愷愷坐在一諾影子的腿上。）

（一家三口一起吃著飯。）

（淑芬的視線，望向愷愷的臉，然後再穿透愷愷，投射到愷愷後方。）

淑芬：愷愷，你們學校，有放舞台劇給你們看嗎？

愷愷／一影：有啊。

淑芬：那你會想要去現場看舞台劇嗎？

愷愷／一影：現場是什麼意思？

淑芬：現場，就是在你面前有真人演給你看的意思。

愷愷／一影：像現在這樣嗎？

淑芬：可是媽媽沒有在演戲啊。

愷愷／一影：妳沒有在演一個媽媽嗎？

（靜默。）

淑芬：那媽媽演得怎麼樣？

愷愷／一影：演得很好。

淑芬：是一個好媽媽嗎？

愷愷／一影：是一個好媽媽。

淑芬：飯好吃嗎？

愷愷／一影：好吃。

淑芬：愷愷，說不定有一天媽媽會帶你去看戲。

愷愷／一影：看什麼戲？

淑芬：我們會先買票，坐公車下山，再轉捷運，走一段不長不短的路，進劇場看戲。媽媽帶你去看爸爸的戲。爸爸是一個偉大的藝術家。

愷愷／一影：爸爸是藝術之子。

淑芬：有時候我看著你的眼睛，會看見他的樣子。

愷愷／一影：那我是什麼樣子？

淑芬：你才是藝術之子。

愷愷／一影：媽媽妳在哭嗎？

淑芬：對不起，媽媽總是一直在哭。

愷愷／一影：嗯，妳不當老師的時候，都在哭。

淑芬：對不起，對不起對不起對不起……

愷愷／一影：對不起什麼？

淑芬：媽媽活了下來，但其實媽媽早就死了；媽媽是那個活下來的人，但死去的人也都還跟我們住在這棟房子裡，住在這棟鬼屋裡。

愷愷／一影：我們的家是一棟鬼屋嗎？

（所有回憶中的人士依次進場，拉開小山房白色簾幕，露出上半場的鏡子。）

淑芬：你一直都看得到嗎？

愷愷／一影：（點點頭，繼續吃著）媽媽，妳做了一個不容易的決定。

淑芬：不要開門。我不該開門。但我一次又一次地開門，讓人進來，我活該。

愷愷／一影：（低頭，慢慢吃著）媽媽，沒有人可以審判妳。

淑芬：沒有人可以譴責受害者，除了受害者自己，所以我要每天看著你，譴責我自己。

愷愷／一影：我知道，我就是妳的作品。

淑芬：你就是我的作品。可是我沒有不愛你。

愷愷／一影：我知道妳愛我，這跟其他事情並不衝突。
淑芬：一個病人，可以醫治其他病人嗎？
愷愷／一影：我知道我愛妳，這跟其他事情並不衝突。
（在這棟鬧鬼的老屋——或是劇場裡——其他鬼魂開始開口或用字幕說話。）
心蕾：妳還會去看他的作品嗎？
靜影：我想要真正地活著，劇場太虛幻了。
靜芳：劇場難道不是最真實的地方嗎？
靜影：劇場是共業。
宛綺：我們在這個看不見外面是黑夜還是白天的地方一起努力了這麼久。
予棠：我們看不見天光，可是我們的時間感比誰都還要準確。幾秒鐘要從哪裡走到哪裡，一首曲子有幾個八，休息十分鐘還是十五分鐘，或許連多久可以高潮，我們控制得宜的身體都可以算得出來——在有觀眾睡著之前，一定要完成。

淑芬：我想要踩在真正的土壤上
我想要呼吸到外面的空氣
我想要知道現在天色如何
我想要吹風
（風扇啟動）
我想要淋雨
（雨聲）
是真的雨，不是音效

我也想要看一場真實的雪
（雪袋狂搖狂下雪）
是真的雪，不是雪袋
如果我受傷了，就是真的受傷了，不用卸妝
太陽出來了
（燈光暴亮）
好亮……
暗無天日的劇場使人生病
我生病了
生病了就要曬太陽
曬太陽很好……

（在淑芬的獨白中，所有劇場元素正在快速運轉著，或反過來，所有刻意營造的那個劇場，也就是小山房這個「她安身立命的地方」外的真的劇場本體漸漸裸露出來。燈光熄滅、懸吊飛走、偽環境音如蟲鳴鳥叫小橋流水之類的東西被漸漸收掉，一切都必須在觀眾得以意識到的情況下進行。）

（我們還是看不見外面。）

（愷愷坐在一諾影子的肩膀上吹泡泡，拿手機拍淑芬做即時投影。）

（淑芬翻箱倒櫃找出一箱東西，裡面都是她以前的劇本。）

（字幕機打出《海鷗》最後一幕的最後，妮娜的大獨白。）

（以下大獨白當中，淑芬偶爾會打起手語，她並不想打，但身體都還記得。）

淑芬：我精疲力盡。要是可以休息一下該有多好……

休息一下！我——是海鷗……
不，不是，我——是女演員。就是這樣！
他不相信戲劇，總是嘲笑我的夢想，
漸漸地，我也失去了信心……
在這種情況下，愛情，嫉妒，
日日夜夜為孩子擔心受怕……
我變得卑微、小家子氣，
戲也演得不好。
我不知道雙手要往哪裡擺，
也不知道要怎麼樣在舞台上站，
我不能控制自己說話的聲音。
你不懂這種心情——

當你意識到自己演得有多差勁，
那是一種什麼樣的感覺。
我——是海鷗。
不，不是……
你還記得嗎？
你曾經射死了一隻海鷗？
有個人，偶然來了，
看到牠，
只因為無所事事，
就毀了牠……
這是一篇短篇小說的題材。
不，不是這樣的……

剛才我在說什麼？
我在說一場戲。
我現在已經不是那樣了，
我現在已經是一個真正的女演員了，
我演戲的時候感到很快樂，
我陶醉在舞台上，
覺得自己非常棒。
我現在知道了，也了解了，
在我們這個行業——
不管是演戲還是寫作——
重要的不是榮耀和肯定，
也不是我夢想過的名聲，

而是要有忍耐的能力，
要能夠背負自己的十字架，
要有信心。
我有信心，
所以我就不那麼痛苦了，
然後當我一想到自己的使命時，
也就不再害怕生活了。
過去的日子多麼美好啊！
你還記得嗎？
那麼明亮，溫暖，快樂，
又是多麼的純淨呀。
我們的感情，

就像溫柔美麗的花朵……

你還記得嗎？……

（淑芬發現自己正在說的話原來一直都被投影在劇場的牆面上，她試圖爬到高處，想把代言她的投影字幕摳掉，或殺死字幕機。）

（淑芬看著自己的即時投影，她卡住，定格，當機一般，像第四場。）

淑芬：我想起來了，首演前我沒有跑掉，我是根本動不了，我的身體動不了，我上不了台，我在後台整個癱瘓了，很方便他們就把我消失掉，但我的意識還在跑，飛高高，離我愈來愈遠，愈來愈遠，飄在半空中。那隻被殺死的海鷗也是這樣的吧？當身體被壓制住不能動的時候，靈魂出竅，算不算一種，至少我還能動的證明？背叛劇場很痛苦，但我更沒有辦法背叛我自己。

（淑芬重新「暖開」自己的身體，春暖花開。她牽起愷愷的手，昂首闊步地離開劇場。）

（一聲巨響，那是劇場大門上鎖的聲音。）

（所有原先凝視著淑芬一舉一動的「角色」別過頭去，望向鏡子，深深地看進另一端。）

觀眾離場：離開劇場之後？

（當真實的觀眾走出劇場，場外是小山房的延伸——畫架、木板、牆壁上正邀請觀眾寫下自己心中的「劇場安全守則」，同時也看得見劇組夥伴、前一場觀眾所貼滿的便利貼，大家的答案與困惑藉此得以跨越時空分享。但願離開劇場、看完故事、進入真實世界的眾人繼續接力，一起點燃夢醒淑芬的蠟燭吧……）

後記　致芬芳

致芬與芳：

妳們好，呃，我是妳們的作者，天啊，好尷尬，然後更尷尬的是，這封信是要通知妳們：妳們的故事要被出版了。是的，被印刷、被實實在在地捕捉、可複製可貼上，甚至可以再度被搬演，將有別人會飾演妳們，而且是在我無法掌控的情況下。妳們再也不是劇場裡朝死暮生的幽靈，雖然不見天日卻也因此得以擁有無盡的自由。

咦？這樣的困境怎麼跟 #MeToo 很像？在說與不說之間，到底選哪個才能迎來真正的自由，換得好人一生平安？

我尚且沒有答案，無論如何，即使妳們的故事被公開了，到時候我只要說妳們是虛構人物就好了不是嗎？標註「改編自真人真事」有太多慘痛的先例，我不會上當的；如果我還殘存著一點氣力，請容我放在自保的狡猾。此外還有一個好消息：談簽約的時候，出版社說不會找任何人來寫推薦。妳們大概很難理解這是哪門子的好消息，也看不見當我聽到這個消息時表面平靜但內心有多澎湃——是啊！我是多不希望妳們跟這圈子有太多牽連，那究竟為什麼還要寫？是啊，身為一個創作者，我很矛盾。

畢竟我已經有十幾年無法走進書店好好翻開一本書了，寫完《藝術之子》剛好十二年，現在又多加一年。對別人來說不過是稀鬆平常支配時間的權力，對我來說卻無疑是踩地雷般的自殺行為，屢試不爽。就好比在寫這封信以前我實在太焦慮，於是走進一間咖啡廳，拿起架上一本書名特別吸引我的書，讀完第一章，心想，真好，原來這就是自由的感覺嗎？是想要找時間再好好讀完的書呢——和這個念頭同步進行的是我的動作：我闔上書，想再確認一次書名，然後就在書封看見了他的名字。我的藝術之子。盛情推薦。書沒有掉在地上，在這麼危急的時刻我還是得體的，掉在地上的是我的胃酸。我不噁心別人，我噁心的是我自己，事隔多年，我們的品味還是都好，都好。

所以人生可以清清爽爽地活該有多不容易？我起碼要杜絕掉妳們被蓋上某人名字的可能，就算有一天要與對方的名字一起被陳列在架上，也是正正當當，這是我唯一能為妳們做的。

妳們好嗎？公平起見，想先跟妳們說說，關於我的近況。

雖然無法預知妳們是否會對這個話題感興趣，還是這一切不過是承擔作者之名的某種自我膨脹自作多情自問自答，不過在信件投遞出去以後、對方回應以前，這段陷落的真空時光就不關我的事了吧？寫信人的心事只停留在停筆的那一刻就好——創作也本該如此，但怎麼會都與妳們揮別一年兩年了我卻始終放心不下。

走過十二年來到最近一年兩年發生太多事太多口號，有一個大的標籤大的洋流大的颶風眼看著就要將妳們捲入並囊括在內，然而最初我想到妳們時還是與世無爭的，所以我選擇沉默，不願讓妳們或讓我自己成為高舉旗幟或旗幟上描繪的一份子，這或許也是自私的。選擇沉默，更因為大聲疾呼的有話語權的那群很可能正是另一群人的XX之子，XX可以冠以任何領域、任何的熱愛。而我的原意僅在於呈現暗面的故事。那五個英文字母，「我也是」，也是什麼呢？後面接著的每一個故事從來不是相同的。我已很久不敢連成一句話去講，在和別人有著相同感動相同生命經歷時手舞足蹈與高采烈地去講，把兩顆音符串成一發尋求認同的子彈，往別人同樣熱烈的眼眶射去。我的生命靈數是五，五的意思是自由冒險，但我竟把自己活成了這麼一副鷩扭畏縮的模樣。

想盡量遠離網路社交，不知不覺躲進廚房，不很久以前還只會煮泡麵頂多放把菜打顆蛋的我，忽地如武林好手在火星與油花之間凝神走跳，放多少鹽、加多少水，全憑直覺，還特別重視顏色，動筷之前先開眼。另件怪事是連運動賽事也看得津津有味，全身心投入像場上選手背後靈似地，和他同情共感了，甚至跟著賽事高低起伏吼出聲音——怪了，我的身體怎麼還能再自然地振動呢？

不很久以前，我還只能握著杯子的手把，撫摸著桌子的邊緣，但沒有辦法理解桌椅的意義。我是個難有實感的人，世界的意義於我而言在於高高在上，只有在打高空的藝術之美中我感覺活著，我飛翔，至於其他所有形而下的肉體碰得著的都太低下了我搆不著，太入世了，讓身心太健康強壯我會有罪惡感。花了十二年有意無意地矯正這毛病，直到近來每天著了魔煮出一桌又一桌的菜，不用看食譜，道理只存在我與食材之間。過去被我忽略模糊成小事的民生問題終於被認可成日復一日的民生大事。

「原來我開始生活啦。」多矯情的一個宣言，一聲喟嘆，極其不幸地卻是千真萬確，不幸的是原來在此之前怎不明白死透了多長一段時間。

「藝術它是否可以含有巧言令色的成分？」都還記得林奕含第一個要叩問的是這個。凡是歷經這麼長時間落地的女孩都懂，從學藝股長什麼什麼小老師飛躍成文藝（美）少女再被折翼打落，光是血淋淋同意了這句話還不夠，光是從此辨識得出巧言令色成分之血腥也還不夠，女孩們要學會的不是閃遠自保，而是如何完美地微笑、恰到好處輕輕鼓掌。五指朝著的不是江湖賣藝人，那好解決，最怕是高踞殿堂的大藝術家，舞台燈亮了他還要迎接掌聲，可是黑暗中觀眾席的門還沒開，妳走不掉。

諷刺的是我也只懂得用藝術訴說這個故事，同時安心於無論是我或是妳們都不會被任何人膜拜，殘缺的怯懦的不會被推崇。這個故事可不可以不要負擔鼓舞人心的責任？真實世界中我還得進行一場又一場陽光的展演，我還想相信唯有在虛構中才得以完成我的真實，破碎的，留白的，無以名狀，沒道理的。

我的日子一樣仍在不見天日的排練場與日光中轉換明滅，我讓妳們離開，自己卻苟延殘喘地留了下來。憋了這麼久，其實這封信是想和妳們說對不起。是我禁不住誘惑，說是不好說又一說再說，讓妳們從劇場再次現／獻身劇本，原先妳們只需要承受一週末的燦爛花火焚身，演完便能回歸於無人知曉的死寂，漸漸被淡忘，等黑字烙印在白紙上就太殘忍了。

但願妳們得空回信，千萬別是光在我一手打造出的地獄中存活下來就已經夠忙，無暇其他。如果可以，請妳們原諒我，原諒我在有機會一頭鑽進那五個英文字母的大傘下仍選擇讓妳們保持緘默。成為一個勇敢發聲的角色多好啊，不過我還想再多淋一會兒雨，或許淋一場無盡的雨是日常，萬里晴空是神話。

臆想歲月靜好

郁晴

郁晴你好：

靜芳和淑芬想一起寫這封信，但實在有困難，所以簡短表達我們都有共識的部分就好。本來我們想自己先敘敘舊，但一來尷尬，二來中間夾雜十二年的訊號雜音難以跨越，所以就這樣吧，什麼時候是淑芬在說話什麼時候是靜芳在說話，再請你自行判斷。

首先，我們都不喜歡你整封信一直用妳這個字，畢竟我們的時空被固定在二〇〇五年、二〇一七年，我們還期待你能超越我們走到一個不再需要強調女字邊困境或以二元定義性別的未來，因此收到從二〇二四捎來充滿了妳字的信，我們都感到困惑且失望。

再來，也算難得有可以跟作者交流的機會，想詢問你一個問題，我們倆的名字是怎麼來的？靜與淑？芬與芳？一想到我們被你安排安安靜靜兀自在角落散發香氣就渾身不適。我們身上不怎麼芬芳，通常你可以聞到的是排練和教課的汗臭味。

最後是我（們）的影子呢？靜影去哪裡了？你給了我一個影子，再給了我一個兒子作伴，怎麼有了兒子就沒了影子？我們想讓你知道，即使有了兒子，一個已為人母的女人，他的影子也不會就此消失。

偶爾我們會猝不及防看見你創作的痕跡，那絕不是偷窺，我們也很無奈。有時候我在排練場的鏡子裡瞥見梅杜莎的頭，一時之間石化動彈不得，因為你在不爽一個被強暴的女人被砍了頭以後還要被抓在手上當作致勝法寶。另一次是我不斷做出胸口往後吸的倒退動作，控制不了，原來你正在重新解讀奧菲斯入冥府究竟是怎麼失敗的；你說他只看得見他自己，以為自己來到了光亮處，背後的亡妻一定也重見光明了便輕率轉身——於是我們只好可憐又可笑地重複尤莉狄絲被收進陰間的那個動作，耳邊還縈繞著七弦琴的樂音。後來是契訶夫《海鷗》的妮娜勝出，因為他曾愚蠢地想獻上自己的命，也曾足夠清醒意識到不知該如何擺放自己的手和腳。你的腦神經遍布在我們的皮膚血管細胞之中，我們別無他法。我們不知道能怎麼處理你的歉意，只想問一句：如果我們作為角色還有一丁點被消費的價值，現在都值得了嗎？

不好意思好像都沒有關心到你的日常與廚藝，但我們都想起了劇本第十場需要在場上一邊表演一邊張羅食物——這裡文字用得不精確，應該說張羅食物本身就是表演的一部分——因此表面看起來是順順地邊講話邊做飯，但事實上劇場的電線、演員走位的動線、發話的時機跟小黃瓜切幾刀都要算得一乾二淨。都在演戲而已，你最近才是不演了，恭喜。

你想透過我們完成你的真實，但我們得提醒你，真正活在現實裡的是你，我們只是你的影子。你創造了一個過十二年就能淡化陰影的時空，但你有你的影子，我們就是你的影子，從你起心動念創造出我們的那一刻就永遠無法擺脫了。你消費你自己這麼久，都值得了嗎？

你的角色敬上

導論

從聽說（hearsay）到她說（her say）——論黃郁晴在《藝術之子》裡的女性主體重構

《藝術之子》戲劇顧問　楊凱鈞

《藝術之子》首演後，許多劇評陸續刊出。劇評人廖建豪（評論〈《藝術之子》獻身的慣性：私人後台與公共前台的疊合空間〉[3]）與張又升（評論

3 https://pareviews.ncafroc.org.tw/comments/d8d4c1d8-f35e-4c5d-a842-556f2ba7a265

〈藝術可能形上，藝術產業必然形下《藝術之子》〉[4]）皆從藝術場域出發，談及藝術中的權力關係。廖建豪點出休憩空間的私人性與劇場空間的公共性，在「以藝術之名」的操弄下變得模糊不清，任由導演自由穿梭任意擺布；而張又升則聚焦洞悉劇中暴行的手法：權力位階較高者，透過先發飆、再溫柔，摧毀位階低者的自信與自尊，並假意誘導，掠奪其主體性，以達到性侵的目標。並且張又升為此總結：「藝術可能是形而上，但藝術產業絕對是形下的，而形下永遠不可能等同於形上，任何一個跟你說他可以帶你臻至化境的人，只能用兩個字告訴自己：小心。」

劇評人林宗洧（評論〈洞察結構而沒有然後《藝術之子》〉[5]）指出本劇的確提出了一種批判性的視角，或許藝術的搭建也只是巧言令色、只是權力機制下的一環，並以此對劇場作為「陽剛」空間的控訴。然而林宗洧渴望看到更多女性如何在有限的行動中翻轉現有的權力結構。而紀慧玲（評論〈試圖穿透，卻被留置的凝望《藝術之子》〉[6]）則指出創作者的「留白」——從手語到受創者在全劇中幾乎是失語的，隱喻著性創傷經驗難以訴說、難以再現的處境。或許《藝術之子》沒有給予光明的答案，但令觀眾必須從多重關係與視角重建理解與認知，便是留白的積極意義。

許仁豪在〈劇場性（theatricality）作為方法《藝術之子》、《泰雅精神文創劇場》〉[7]提到，本劇採用「戲中戲」的方式，讓演戲與生活的界限模糊，亦模糊了戲本身與觀眾現實的邊界。戲中戲契訶夫《海鷗》的台詞常滲入到

---

4 https://talks.taishinart.org.tw/juries/zys/2023041804

5 https://pareviews.ncafroc.org.tw/comments/8913105c-6ecc-4f12-af2f-74bdd3893a74

6 https://pareviews.ncafroc.org.tw/comments/8f6029b2-d48b-408f-bb1c-4d71091ef223

7 https://talks.taishinart.org.tw/juries/hjh/2023041803

戲中角色的生活，舞台的虛入侵生活的實，反向定義導演與演員的關係。然而許仁豪也點出本劇表面上談的是性創傷（又或者說是權勢性侵）的議題，但其實最想處理的是「女性主體」。試圖透過藝術實踐，完成女性自身主體的精神歷程。以一種現代主義藝術療癒的模式，在創傷主體重建上反覆琢磨。只可惜許仁豪認為，這樣的模式顯得欲拒還迎，反而內化了父權凝視，難以鬆動大結構。

孫平在〈《藝術之子》——摸索著迷惑與解惑之間的通道〉[8]一文中，則犀利地點出劇中 #MeToo 事件的核心：「導演利用了職場的對應關係、年齡成熟度的差異，以及演員對戲劇的熱情，創造了侵害他人的機會，對女主角進行性侵犯。」並指出團體內因為各種關係與盤算，儘管可能已知性侵一事，但仍舊選擇避而不談。孫平在文中亦給予提醒，在 #MeToo 議題上，受害者作為沒有話語權的弱者，能夠挺身而出是異常艱難的，應將關注的重點放在加害者與默許惡意的共犯。並讚許《藝術之子》讓受害者在面對創傷時，保有迷惑、困惑與解惑之間各種通道的可能性：「受害者下半場那看似雲淡風輕的態度選擇，需要被尊重；繞道而行面對傷痛的方法選擇，也值得被理解……成熟的公民社會，都將維護他們不同的顧慮與選擇。」[9]

我們可以看到各位劇評人從不同視角切入，已經談得既深且廣。我作為這齣戲的戲劇顧問，同時也是此次黃郁晴二〇二一年至二〇二二年駐館兩廳院，從第一年的讀書會、階段性展覽《Two Rooms of One's Own》，第二年的開放工作室《產出》，再到現在的《藝術之子》，從頭參與到尾、參與最

8 https://talks.taishinart.org.tw/members/24/35151

9 孫平一文刊登時，原文已刊登於兩廳院官網，所以原文並無收錄該評論。此段落及以下相關的段落，為新增補述之。

久的「觀察者」與「參與者」，或許就可以從「內部」的視角另闢蹊徑，提供一種不同的「敘事」。

早在去年（二〇二二）末的開放工作室呈現，我就曾為此次製作撰寫過一篇文〈藝術創作的美與暴行——與兩廳院駐館藝術家黃郁晴對 #MeToo 的探索〉[10]（以下簡稱〈美與暴行〉），裡面便有詳盡的描述黃郁晴的計畫源頭——開辦給兩廳院會員，以 #MeToo 為主題每月一次的讀書會。其中最先讀的書，便是啟發郁晴做這次創作的主題，由已故作家林奕含所著的《房思琪的初戀樂園》。在林奕含離世前一週，她曾接受過一次訪談[11]，訪談中對於文學、藝術、道德提出了一層層極為嚴厲的叩問。林奕含的問題主要有三，其一是：「藝術它是否可以含有巧言令色的成分？」其二是：「會不會，藝術從來就只是巧言令色而已？」其三：「身為一個書寫者，我這種變態的、寫作的，藝術的欲望是什麼？這個稱之為藝術的欲望到底是什麼？」最後，雖然林奕含提出這些疑問，但其實我們可以知道她已經做下結論：「她恍然覺得不是學文學的人，而是文學辜負了她們。」

「辜負」這一感受是來自於對藝術中含有「巧言令色」的成分無法苟同，郁晴對這兩個詞彙有高度的反應，在這點，我從郁晴身上嗅到了一絲與林奕含與房思琪相同的氣息。藝術若不能是欺騙（巧言令色），表示它應當肩負著傳遞某種真理（truth）與真實（reality）的責任（responsibility），在這種應當的「義務（duty）」想法背後，其實預設了一種倫理觀：「美的（美學的 aesthetic），不能是不善的（不道德的 immoral）」可真的是這麼回事嗎？

---

10 https://npac-ntch.org/articles/6482

11 若想看訪談全文逐字稿以及影片，可參見 Readmoo 閱讀最前線〈【逐字稿】「這是關於《房思琪的初戀樂園》這部作品，我想對讀者說的事情。」〉，網址：https://news.readmoo.com/2017/05/05/170505-interview-with-lin-02/

我曾直接犀利地叩問郁晴為什麼她會有這樣直觀的想像、她會有這種「感性的直覺」？她為此，發出憤慨的吶喊：「為什麼這麼爛的人可以做出好作品？這樣不合理、不公平！」對一人事物感到「不合理」與「不公平」，這是一種「不正義感」（sense of injustice）。或許正是這種不正義感，驅動郁晴去覺察自己的內在與過往回憶。我們好像開始真正觸摸到了一點核心。

在二〇二一年尾的階段性展覽時，我們以維吉尼亞．吳爾芙女性主義文學作品《自己的房間》（A Room of One's Own）的概念：「女性若是想要寫作，一定要有錢和自己的房間。」為核心，並陳列為期一年讀書會所讀的11本書籍[12]。然而在構思發展作品的過程中，郁晴天外飛來一筆說：「我想要在這裡面放入契訶夫的《海鷗》。」那時候還沒有劇本，連個故事發展的雛型都沒有，而且當時我們發展的內容、手上現有的素材，包含那些書，以及讀書會討論的內容，還有學員們分享的故事，都與契訶夫八竿子打不著。

但隨著我們深入的工作，我們逐漸意識到兩者之間（《房思琪》與《海鷗》）的互文性。倘若說，學生房思琪愛上的是國文老師李國華，那對比的就是少女妮娜愛上了作家特里果林。李國華與特里果林同樣都對年幼的女性用華麗的詞藻、「巧言」哄騙，而房思琪與妮娜都被所愛之人惡意拋棄。

當我們開始有了這種「意識」去重讀《海鷗》，會發現一切變得截然不同。我們開始對妮娜的處境有另一種（性別）層次的同理：「他不相信演戲，總

12 以下是黃郁晴所選的書單：林奕含《房思琪的初戀樂園》、伊藤詩織《黑箱：性暴力受害者的真實告白》、清水潔《被殺了三次的女孩——誰讓恐怖情人得逞？桶川跟蹤狂殺人案件的真相及警示》、T．克利斯汀．米勒與肯．阿姆斯壯合著《謊報：一樁性侵案謊言背後的真相》、茱蒂．坎特與梅根．圖伊合著《性、謊言、吹哨者：紐約時報記者揭發好萊塢史上最大規模性騷擾案，引爆 #MeToo 運動的新聞內幕直擊》、羅南．法羅《性掠食者與牠們的帝國：揭發好萊塢製片大亨哈維．溫斯坦令巨星名流噤聲，人人知而不報的驚人內幕與共犯結構》、陳昭如《無罪的罪人：迷霧中的校園女童性侵案》、尼爾．史特勞斯《把妹達人》、鍾佩怡《我把羅曼史變教材了》、凱特．曼恩《不只是厭女：為什麼越「文明」的世界，厭女的力量越強大？拆解當今最精密的父權敘事》、莎蒂絲．艾娃與湯瑪斯．史敦吉合著《寬宥之南：開普敦天空下，一趟責任與原諒的和解之旅》。

是嘲笑我的夢想，慢慢地，我也喪失了自信……」這不就是如劇評人張又升所言摧毀位階較低者自信的手法嗎？又或者我們同樣也對妮娜在劇末的結論感到懷疑：「在我們的事業中，不管是演戲或是寫作，重要的不是榮耀和名聲，也不是我曾夢想過地那樣。而是要有耐心，要能夠背負自己的十字架。」抱持著這種「自我犧牲」的信仰，不正是諸多暴行發生的背景原因之一嗎？我們宛若「開了眼」，以性別平等的角度重讀經典文本，發現過往自身不曾意識到的問題。更加有趣的是，契訶夫作為現代西方戲劇教育的起點之一，《海鷗》正巧也是契訶夫的第一齣劇作。我與郁晴還有劇組中的許多夥伴，都是學院體系出身，必定是拜讀過這位大師與這部巨作。郁晴在此時的「直覺」絕非意外，更可能是她身為大學教授、學院出身的一種反思——我們戲劇教育的起點，是不是就隱含著性別（不平等）的觀念，只是一直以來為我們所忽略？

這件事在二〇二二年末的開放工作室呈現《產出》逐漸發酵。該次階段性演出主要呈現的是《藝術之子》上半場的內容，也就是著重在性暴力事件「怎麼發生」的重現上。在〈美與暴行〉一文中，我有記錄我與郁晴研究了數十位國內外藝術家的 #MeToo 事件，以及從劇組夥伴、親友、網路，甚至是親身經歷的各種性暴力事件，並歸納這些事件所常見的共通點：過度集中的權力、較為封閉的環境、以人脈與金錢作為脅迫或利益交換、位階高者的權勢過大導致旁人噤聲。我們在《產出》以及《藝術之子》的上半場，都試圖在劇場中還原這些暴力結構的特徵，沒想到卻引起截然不同的兩極反應。

一派的觀眾看完，會立刻衝過來跟我們分享，但不是分享他們覺得好不好，而是分享他被觸動後想起自己或聽說曾遭遇到的性暴力經驗，以及當時是多麼地害怕與不知所措，又或者這種經驗是如何「難以跟他人言說」；另一派的觀眾則完全相反，會直接上來表達不悅與不喜歡：「這些練習不是大家一直以來都有在做、都沒問題嗎？為什麼要這樣醜化劇場？」這兩種截然不同的反應，很值得玩味。我們可以觀察到一種現象，會觸發第一種反應的，多半是身邊有過類似經驗的人（不論親身或聽說），而後者則往往與這些事件沒有接觸，更甚至有認為這些事情是「台灣圈子這麼小，應該不可能在台灣發生」。郁晴在某次訪談[13]，以及與我們私下聊天中都曾提到過一個比喻——《藝術之子》的故事彷彿是一張「石蕊試紙」，只是讓人感到兩難的是，那究竟是感受得到的人有很多是好的，還是感受不到的人多才是好的呢？

走到這邊，我可以觀察到郁晴有個十分顯著的改變。從計畫的最開始，郁晴對於這些性暴力事件，甚至是聚焦在劇場中的性暴力事件，多半是從「聽說（hearsay）」開始切入。「我聽我朋友說過……」、「我曾經訪問過……」經常是作為郁晴的開場詞。然而不管是第一階段或第二階段的概念發展、設計會議、排練，劇組夥伴們都在分享自己或耳聞的各種經驗（我們都戲稱這些會議跟排練像是團體治療），郁晴漸漸地也開始坦承，「或許」她也曾經歷過類似的事件，只是當下她不清楚、不瞭解，只能感受到一絲不對勁，但因為「難以言說」，所以一直沉澱在自己的內心深處。直到現在自己被「開眼」了，重新審視那段過往，才更能意識到那些不快與不舒服是什麼？背後代表的意義是什麼？郁晴逐漸從一個「旁觀者（spectator）」，成為能夠自我肯認的「主體（subject）」。

在這樣的脈絡下，我們重新回到作品《藝術之子》本身。上半場對於暴力現場與導演威權的重現，是奠基於田調歸納出的特徵的具像化，主角靜芳分裂的自我是受暴力與受壓迫者在歷經劇烈創傷後，所解離出來的自我。而

13 郝妮爾〈走進一場噩夢，再一起甦醒——黃郁晴的《藝術之子》〉https://www.opentix.life/article/1613066609658265601

不論是舞團老師心蕾、前輩予棠或排演助理喬喬，皆是在此父權結構下「弱弱相殘」的女性受害者。而我們甚至無法指責她們是自己選的，因為在父權的社會與凝視中，她們也別無選擇。最終在前輩的警告下：「無論如何戲都會開演」（劇場經典名句：The Show Must Go On!），暴力被繼承、受害傳給了象徵著年輕一代的排助喬喬。

下半場煥然一新，宛若一切都隨著舞台換景，展開了新頁。曾經的女性們換成全然不同的角色上場，堅毅且樂觀地開讀書會闡述理想、治癒療傷。然而唯一沒變的，卻也是那位主張「妳苦，誰不苦？」、戲還是要演、勸人沒有覺悟就趕快離開劇場的「前輩」。只是這次她不再是威權結構的「共犯」，而是作為受害者一同參與。在這邊還有一個有趣的細節，剛開始，她是以「我代替我朋友來看一下」為藉口加入，直到後來與已成為淑芬老師的靜芳對峙，才坦承自己也曾遭受過導演范一諾的迫害。

予棠因為見到「藝術之子」愷愷，以此質問靜芳孩子的生父是否為范一諾，並表示無法接受靜芳做此決定，甚至還疑似因此可以拿到支應靜芳與孩子生活的贍養費。這裡我們也試圖提出一個叩問：予棠對於靜芳的質疑是對的嗎？又或者靜芳決定把孩子收下來、拿了贍養費封口的決定是正確的嗎？這些案例其實也在我們田調的過程裡，有蒐集到好幾位類似的個案。而令人感到難過的是，在這樣的互相責難中，最終受難的都是女性與孩子、都是受壓迫者，這是我們試圖在下半場再現的另外一種「弱弱相殘」。而這，正是孫平劇評中所言的「真實世界裡難解的困頓」，事實上根本沒有所謂真正的、正確的、完美的受害者，更多的是複雜、不那麼典型，且多面的受壓迫者。

於是當回到靜芳與孩子自身，靜芳說：「沒有人可以譴責受害者，除了受害者自己，所以我要每天看著你，譴責我自己。」就算遠離黑盒子，搬到充滿陽光的白色小屋，靜芳的內心依舊囚禁在劇場中。

該怎麼走出去呢？在劇本中，郁晴寫道：「我想要踩在真正的土壤上，我想要呼吸到外面的空氣。」然而在演出中荒謬的是，土壤是黑膠地板、空氣是中央空調，提到雪的時候撒的是雪袋；提到陽光時照的是 spotlight。打破劇場幻覺的同時，一片偌大的鏡子反身照映著觀眾席。反思劇場真實與虛幻的疆界，抽離出一個空間，讓我們能夠更有覺知地看待這一切，反省藝術與倫理的界限。

或許正如劇評人許仁豪所言，這一次郁晴的駐館計畫是一次「完成女性自身主體的精神歷程」。黃郁晴從遠處的 #MeToo 議題出發，一步步回到了自身、回到了藝術教育的起點，重新審視過去那些不曾被教育過的性別知識，逐漸啟蒙性別平等意識。而又透過這層意識，願意回首並肯認自己的過往經驗，自己可能當初無法言說、不那麼願意說出來的不適感，接受並尊重自己的感受，從而重構一個更為完整的自我。這確實是一次女性主體自我完整的歷程，而透過這個作品，不僅是郁晴，或許那些曾經參與過讀書會、看過階段性展演、在演出中共感獲得啟發的觀眾，也能一同經驗這樣的過程。而也如孫平所提醒的，在這主體建構的歷程中，我們應當保持開放性，欲拒還迎需要被理解、繞道而行也值得被尊重，受壓迫者的困惑與迷惑，都是解惑這條路上的必經之路。

只是《藝術之子》有許諾我們一個怎樣的，又甚至是光明的未來嗎？我必須很遺憾地說，這件事連想像都是困難的，畢竟跟我們身處在同一個時空裡的，還有很大一部分人，連「認知」到有這樣的事情，都還處於抗拒的階段，我們甚至都還不用談到互相理解。但或許正如靜芳在劇末的最後一句話所言：「背叛劇場很痛苦，但我更沒有辦法背叛我自己。」永遠，不要背叛，你自己。

戲結束，靜芳牽著愷愷的手離開了劇場。《藝術之子》首演後不久，我看到郁晴在社群網站上分享，她牽著她家的小狗黑米，跟幾位劇場圈朋友與她們的狗小孩一起去郊遊。陽光灑落在真實的土壤上，照著她們的笑容。我想，她沒有離開劇場，但她也終於可以走出劇場。真美，好美。

（本文二〇二三年原刊登於國家兩廳院官網[14]，略作增補後收錄於書中）

---

14 https://npac-ntch.org/articles/7665

附錄

《藝術之子》首演資料

※國家兩廳院藝術基地計畫駐館藝術家（二〇二一至二〇二二年）駐館作品

※特別感謝首演團隊一路對劇本的討論與試煉，尤其演員，沒有排練場一切都不可能發生

2023 TIFA台灣國際藝術節　黃郁晴×娩娩工作室《藝術之子》

Huang Yu-Ching & Myan Myan Studio: *Man of the Theatre*

演出時間：二〇二三年四月六日（週四）晚上七點半

二〇二三年四月七日（週五）晚上七點半

二〇二三年四月八日（週六）下午兩點半
二〇二三年四月八日（週六）晚上七點半
二〇二三年四月九日（週日）下午四點半

演出地點：國家兩廳院實驗劇場

編導：黃郁晴
製作人：方姿懿
戲劇顧問：楊凱鈞
演員：林方方、林唐聿、高詠婕、康皓筑、楊宗昇、楊瑩瑩、賴玟君、陳觀硯
舞台設計：林欣伊
燈光設計：徐子涵
服裝設計：陳玟良

影像設計：李國漢
聲音設計：李慈湄
動作設計：李尹櫻

舞台監督：鄧湘庭
創作紀實團隊：李映嫻、陳姿華
演出錄製團隊：陳明潔、黃煌智、歐家成、侯如寬
劇照拍攝：唐健哲、張震洲、劉振祥
手語顧問：鄭毓蘭
情境字幕顧問暨撰稿：莊雅筑
字幕翻譯：羅雪柔 Cheryl Robbins

導演助理：林妤玟、林德佳
執行製作：黃萱軒
舞台技術指導：李伯涵
燈光技術指導：蔡佳靜
服裝管理：趙天誠
妝髮設計暨執行：林馨
梳化：林巧薇、吳宗祐、許馥臆
音響技術指導：賴韋佑
舞台技術人員：丁彥銘、李宏展、杜冠霖、林昕玄、林哲煒、林智昇、林聖博、高堂傑、陳冠諭、楊鈞幃、詹鈞如、鄭裴元、謝明廷、謝秉霖
燈光技術人員：王洧傑、吳以儒、汪永儒、陳品璇
音效執行：賀開泉

製作執行：娩娩工作室
特別支持：迷走麋麋
特別感謝：林文尹

兩廳院製作團隊
節目統籌：穆芹
行銷宣傳：林郁唯
駐館期間公關宣傳：洪雪舫
會員活動統籌：阮亦菲、葉克釗

※本作亦為「2023 Taiwan Week- 兩廳院台灣週」系列節目之一
※本作入圍「第22屆台新藝術獎 - 表演藝術獎」年度決選

本書因應情節需求，部分內容引用並改編自下列著作：

- 《海鷗》（契訶夫劇作，本書引用之部分內文由游孟儒翻譯）
- 《凡尼亞舅舅》（契訶夫劇作，游孟儒譯，逗點文創結社 2022）
- 《創傷與復原（30週年紀念版）：性侵、家暴和政治暴力倖存者的絕望與重生》（茱蒂絲．赫曼 Judith Herman 著；施宏達、陳文琪、向淑容譯，左岸文化 2023）

言寺 96

藝術之子 劇本書

作　　者　黃郁晴
總 編 輯　陳夏民
責任編輯　劉芷妤
封面設計　萬亞雰
內頁設計　陳昭淵

出　　版　逗點文創結社
地址｜桃園市 330 中央街 11 巷 4-1 號
網站｜www.commabooks.com.tw
電話｜03-335-9366
傳真｜03-335-9303

總 經 銷　知己圖書股份有限公司
地　　址　台北公司｜台北市 106 大安區辛亥路一段 30 號 9 樓
電話｜02-2367-2044
傳真｜02-2363-5741
台中公司｜台中市 407 工業區 30 路 1 號
電話｜04-2359-5819
傳真｜04-2359-5493

製　　版　軒承彩色印刷製版有限公司
印　　刷　通南彩色印刷有限公司
裝　　訂　智盛裝訂股份有限公司
倉　　儲　書林出版有限公司

電子書總經銷　聯合線上股份有限公司

ISBN　978-626-7606-06-3

初版　2025 年 1 月
定價　新台幣 380 元

國家兩廳院 NATIONAL THEATER & CONCERT HALL　＊本著作為黃郁晴於國家兩廳院「藝術基地計畫」駐館期間之創作

國|藝|會 NCAF　＊劇本由財團法人國家文化藝術基金會贊助出版

台新銀行文化藝術基金會 Taishin Bank Foundation for Arts and Culture　＊本出版計畫獲第 22 屆台新藝術獎入圍贊助

國家圖書館出版品預行編目 (CIP) 資料

藝術之子 / 黃郁晴著＿初版＿桃園市：逗點文創結社
2025.1_232 面 _12.8× 19cm

ISBN 978-626-7606-06-3(平裝)
1.CST: 舞臺劇　2.CST: 戲劇劇本
854.6　　　　　　113018333

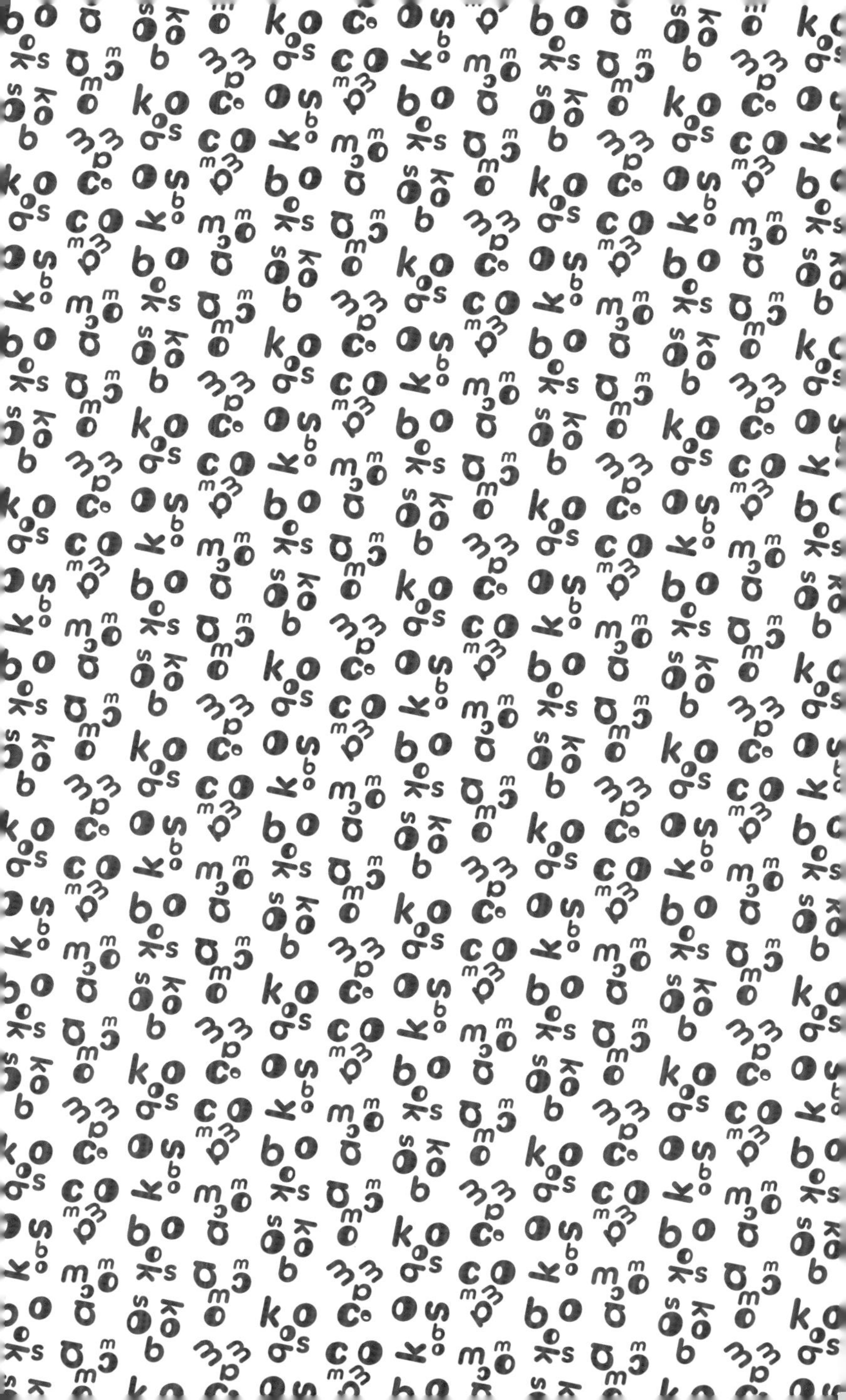